Oscar classici

Giovanni Verga

IL MARITO DI ELENA

Introduzione
di Maurizio Vitta

Cronologia e bibliografia
di Carla Riccardi

ARNOLDO MONDADORI
EDITORE

© 1980 Arnoldo Mondadori Editore S.p.A., Milano
I edizione Oscar Mondadori gennaio 1980
I ristampa Oscar classici maggio 1988

Introduzione

La genesi del romanzo

Il marito di Elena è forse il romanzo più contraddittorio e sconcertante che Giovanni Verga abbia mai scritto. Tutta la sua storia, dalla faticosa e svogliata stesura fino alle ultime perplessità della critica, ne ha costantemente messo in luce il carattere anomalo e deviante rispetto allo sviluppo della narrativa verghiana. Il problema sta tutto nella sua genesi. Scritto subito dopo la pubblicazione dei *Malavoglia* (1881), quando già il Verga pensava alla seconda parte del ciclo dei *Vinti*, esso è rimasto l'unico lavoro impegnativo dello scrittore siciliano fino alla pubblicazione della prima stesura del *Mastro-don Gesualdo* (1888). Una collocazione quanto mai scomoda, se si pensa che si tratta di un libro scritto in fretta, con un linguaggio diseguale, popolato di figure piccolo borghesi, fitto di richiami alla maniera dei romanzi preveristi e dominato dai temi della passione rovinosa e della donna divoratrice e fatale. La contraddizione rispetto alla svolta verista del Verga parve subito evidente: i critici contemporanei lodarono con malcelato sollievo il ritorno dello scrittore a una narrativa più tradizionale; in seguito, e fino ad anni abbastanza recenti, si è pensato a un romanzo scritto prima della "conversazione" al verismo e pubblicato dopo; più in generale, gli studiosi hanno sottolineato la "ricaduta" del Verga nei modi della narrativa preverista, in alcuni casi tentando, come ha fatto il Russo, di ricondurre comunque il testo a quella "poetica" della casa e degli affetti che aveva trovato nei *Malavoglia* il suo esito più significativo. Soltanto di recente il romanzo è cominciato ad apparire quello che in effetti è, espressione di un contraddittorio nodo di problemi, la cui analisi può non solo chiarirne le origini e i moventi, ma anche fornire spunti non secondari per l'interpretazione dell'opera verghiana.

In verità, *Il marito di Elena*, pur presentandosi come lavoro minore dello scrittore siciliano, richiede, per essere inteso, un atteggiamento critico assai articolato. In primo luogo vanno esaminate le circostanze stesse della sua genesi. All'uscita dei *Malavoglia*, il Verga, rinfrancato dai primi pareri positivi, confidava a Capuana l'intenzione di proseguire lungo la strada tracciata nella famosa Prefazione: «Ora lavorerò a *Mastro-don Gesualdo* di cui il disegno mi piace assai sinora...». Ma due mesi dopo lo scrittore confessava apertamente il «fiasco completo» del suo romanzo, e subito metteva mano al *Marito di Elena*, del resto incoraggiato dallo stesso editore Treves. Il lavoro non fu facile, soprattutto per il fastidio che Verga sembrava provare per quella sua opera («Non ti pare che certi argomenti abbiano la jettatura?», scriveva ancora al Capuana), ma verso la fine del 1881 il romanzo era già pronto e nel 1882 veniva pubblicato. Così, l'ipotesi che nella stesura di questo libro siano confluite preoccupazioni editoriali, oltre al pressante desiderio dello scrittore di rimediare tempestivamente all'insuccesso dei *Malavoglia*, è stata avanzata esplicitamente dalla critica più recente; e in effetti essa risulta legittima anche alla luce dei dati oggettivi della biografia verghiana finora noti. D'altronde, a confermarla, c'è ancora il fatto che *Il marito di Elena* ebbe recensioni assai favorevoli, che insistettero tutte proprio sull'abbandono dei canoni veristi; né i lettori mancarono, viste le numerose edizioni e traduzioni che se ne fecero, a cominciare dalla Francia fino alla Svezia.

La composizione del testo

Sarebbe tuttavia illecito ridurre *Il marito di Elena* a una semplice operazione di mercato. Per quanto disposto ad assecondare i gusti del pubblico, il Verga non intendeva scrivere un romanzo qualsiasi. Ancora convinto della possibilità di conciliare «l'ideale artistico» con «una posizione assai più facile e lucrosa», egli è sembrato piuttosto mirare a un romanzo di accattivante lettura, nel quale però trovassero spazio alcune mediazioni culturali capaci di bilanciarne l'evidente accettazione dei modelli letterari più correnti. Questa preoccupazione è probabilmente all'origine dell'intima contraddittorietà del testo, tutto costruito sull'opposizione e il contrasto. Già una ricognizione ancora esterna alla vicenda basta a mettere in luce l'inedita ambientazione del romanzo, con quel gioco fra campagna e città (una Napoli insolita nel panorama verghiano, dopo le scialbe pagine di *Una peccatrice*) che fa da sfondo all'antagonismo inconciliabile della coppia protagonista.

All'ambiente napoletano corrispondono infatti la situazione economica di Cesare e, per contro, l'origine e l'alimento delle ambizioni di Elena; a quello campagnolo, le aspirazioni modeste e un po' grette dell'uomo e, all'altro estremo, le insofferenze e la sorda ribellione della giovane moglie. Tutti gli altri personaggi si dispongono, nel racconto, sul filo di questa contrapposizione, e ciò conferisce all'ambientazione del romanzo un rilievo particolare.

Proprio in quegli anni, dopo la pubblicazione delle *Lettere meridionali* di Pasquale Villari, l'interesse per Napoli e la sua regione si era notevolmente accresciuto. Jessie White Mario aveva scritto *La miseria di Napoli* e Renato Fucini *Napoli ad occhio nudo*. Inoltre la « Rassegna settimanale » – un periodico ben noto al Verga – aveva pubblicato numerose corrispondenze sulla situazione disastrosa dell'ex capitale borbonica. A una campagna caratterizzata dalla presenza di proprietà relativamente piccole e a coltura intensiva si contrapponeva una città travagliata dalla miseria dilagante, che il lusso ostentato di un ristretto ceto sociale non bastava a bilanciare. Massiccia era la presenza di una fascia borghese, composta prevalentemente di *rentiers*, medici e soprattutto avvocati, quotidianamente in lotta per disputarsi impieghi pubblici, incarichi e spazi di potere. Mancava quasi del tutto un ceto imprenditoriale. In compenso, « l'Università resta campo esclusivo della media borghesia e di quei figli di agiati contadini che di anno in anno risparmiano qualche sommetta... Il gran numero degli avvocati, specialmente nelle province meridionali è un vero flagello... Quindi la maggior parte degli avvocati sono degli spostati nella vita... Questi spostati capiscono più di tutti che la vita è lotta, e, giacché essi si trovano nella mischia, lottano a oltranza... » (dalla « Rassegna settimanale » del 7 marzo 1880). Ritroviamo qui l'ambiente stesso di Cesare, il giovane provinciale mantenuto agli studi da una famiglia di piccoli possidenti, che ha investito nella carriera forense del figlio i suoi pochi risparmi. Ma soprattutto è possibile stabilire fra queste fonti documentarie e le parti strutturali del romanzo un legame diretto, basato su vere e proprie coincidenze testuali. La figura di Cesare, che si dibatte per farsi strada nelle sudicie e affollate aule dei tribunali partenopei, ha tratti e comportamenti ricalcati sulle descrizioni del periodico di Franchetti e Sonnino; e lo stesso può dirsi per lo zio canonico e per il padre di Elena, ex funzionario borbonico in pensione (si vedano in particolare, oltre al fascicolo già citato, la « Rassegna settimanale » dell'8 febbraio e dell'11 aprile 1880). Quanto a Elena, collocata al polo opposto di questa situazione conflittuale, si direbbe che il suo profilo psicologico – ambizioso e smanioso di lusso – dovesse in certo modo riflettere l'altro volto di Napoli, quello dell'apparenza fastosa e senza basi. Nessuna sorpresa, perciò, se più tardi Gaetano Salvemini scriverà nella *Questione meridionale* (1900): « Così Napoli rigurgita non solo dei disperati autoctoni, ma anche dei disperati che vi si raccolgono dalle province. Chi vuol vedere fotografata la vita di questi infelici, legga il romanzo del Verga intitolato *Il marito di Elena*: è una pittura meravigliosamente vera dalla prima all'ultima riga e dà un indicibile stringimento al cuore ».

Questo richiamo al "vero" – addirittura "fotografico" – è opportuno. Esso vale a ricordare le organiche connessioni che legano *Il marito di Elena* alla produzione verista e, più sottilmente, all'ideologia stessa del Verga. L'ansia documentaria che ritroviamo alle spalle di quest'opera ne è già un sintomo. Ma basterà segnalare il tema del lavoro umile, silenzioso, misconosciuto, vero fondamento della dignità sociale purché non diventi bramosia di ricchezza e di potere, che ricorre con tanta frequenza in tutta l'opera verghiana, quasi a illustrazione di quell'« ideale dell'ostrica » esaltato nella novella *Fantasticheria*. Nel *Marito di Elena* esso si incarna ancora una volta nella figura di Cesare, che si riscatta in un lavoro oscuro, ma proprio per questo gratificante, e presenta dei tratti quasi autobiografici in quella sua « miseria decente » che costringe a dare « un'enorme importanza alla ricchezza per il penoso e continuo contrasto tra essere e parere », nella quale ritroviamo, un po' intristito, il Verga delle lettere giovanili alla madre; e ritorna nel personaggio della baronessa, madre di don Peppino, che amministra la sua tenuta come un fattore, incurante delle vanità aristocratiche ormai rappresentate solo dallo « sbocconcellato » stemma di famiglia. Elena oppone a questa operosità gretta e remunerativa la sua superiorità di cittadina. Ma il suo è un fragile trionfo, che l'accomuna all'effimero imperare di un poetucolo come Fiandura o d'un nobile parassita come il duca Aragno. Alla fine quel che conta è il denaro, quello guadagnato con pazienza e prudenza calcolatissime. C'è nell'aria l'atmosfera tesa e greve del *Mastro-don Gesualdo*: i rimandi fra i due testi non sono pochi, e del resto la prima stesura del capolavoro verghiano richiamava in Gesualdo Motta e in Bianca Trao i tipi, rispettivamente, di Cesare ed Elena. Il motivo economico si insinua nelle situazioni più intime, come è tipico del Verga. L'amore fra i due giovani non regge al peso delle difficoltà economiche; e neppure la madre di Cesare, personaggio spesso esaltato dalla critica, si sottrae a questa norma: « Ecco cos'è! » osservò la mamma. « Se fossimo ricchi né tu né io avremmo questa croce addosso! ». La novità sta semmai nell'avere indagato qui, con questo metro, ambienti e psicologie borghesi, più sottili e complessi rispetto a quelli rozzi e primitivi della provincia meridionale italiana, col risultato di accentuare la conflittualità strutturale del testo. Alla coppia antagonistica Cesare/Elena corrispondono infatti numerose situazioni in reciproco contrasto: campagna/città, economia agricola/economia terziaria, lavoro/parassitismo, austerità/dissipazione e via dicendo. Tutti elementi costitutivi della realtà napoletana, ma anche propri dell'ideologia personale dello scrittore.

Romanzo e pubblico

Ciò che tuttavia caratterizza *Il marito di Elena*, e che ne ha reso difficile la collocazione critica, è il modo esplicito e quasi dichiarato nel quale questi elementi si situano all'interno della vicenda narrata. Qui c'è davvero – come ha scritto Ivo Frangeš – tutto il Verga: ma egli vi si presenta in modo insolitamente grezzo, rendendo il testo ancor più ambiguo e squilibrato. In effetti, l'accentuato contrasto fra due mondi, due modi di vita, due valori, conferisce al romanzo un andamento incerto, nel quale ai motivi dell'indagine verista fanno contrasto modelli narrativi tradizionali. Si produce così una vera e propria lacerazione nel tessuto linguistico e rappresentativo del testo. Già Capuana indicava nel romanzo alcune « sproporzioni di parti »; e difatti, una volta risolti i problemi economici della coppia, le figure del racconto assumono l'inconsistenza dei personaggi più convenzionali, e tutta la vicenda, fattasi più trasandata, ruota meccanicamente intorno al tema tradizionale dell'adulterio. La socialità del racconto stinge gradatamente in un sentimentalismo tutto esteriore, che riconduce al gusto dominante per le vicende un po' scabrose, corrette da un moralismo astratto. Lo stesso linguaggio aderisce, non di rado scopertamente, ai canoni della letteratura di consumo; e addirittura il Verga, teorico dell'impersonalità della narrazione e dell'opera « capace di farsi da sé », fa sentire nel racconto tutto il suo peso di narratore, che mira a darne un giudizio più che un resoconto oggettivo.

Comprensibili appaiono quindi, di fronte a un romanzo esternamente e internamente così disarmonico, le incertezze della critica. E tuttavia i vari modelli di lettura fin qui proposti – l'elegiaco, il moralistico, il mondano, lo psicologico, il sociologico, senza dimenticare il richiamo quasi d'obbligo alla *Madame Bovary* flaubertiana – partecipano alla natura dell'opera ciascuno con la sua specificità. Sicché la vera sostanza del *Marito di Elena* sarà appunto da ricercare nella sua interna contraddittorietà, nel suo volersi porre compromissoriamente come romanzo di consumo d'alto livello, nel quale gli elementi più vivi e avanzati della cultura contemporanea si distribuiscono secondo le linee di un disegno tradizionale inteso a neutralizzarli. Il taglio sociologico come elemento di continuità rispetto all'innovazione verista; la scelta dell'ambientazione che fa da aggancio documentario a un fenomeno di risonanza nazionale; la soggettività della narrazione che si apre al gusto corrente, ruotando intorno a un conflitto passionale e ai suoi risvolti psicologici e moraleggianti; e infine un linguaggio che tenta di mediare, non sempre con successo, tanta eterogeneità, sono tutti elementi che, presenti in varia misura nell'intera produzione verghiana, affiorano qui simultaneamente, ma senza integrarsi. Il contrasto che ne deriva è in fondo quello che spesso oppone il romanzo ideale al romanzo possibile, e in questo senso *Il marito di Elena* può diventare testimonianza di una più ampia contraddizione che il Verga, come scrittore, dovette affrontare. Ciò non toglie nulla al valore della sua opera. Anzi, quanto più reale si rivela il processo di produzione della letteratura, tanto più autentica e vera si fa l'immagine dell'autore; e l'arte stessa, perdendo un po' della sua sacralità, riconquista in compenso tutta la sua forza di sofferto progetto culturale.

Maurizio Vitta

Cronologia

1840
Il 2 settembre Giovanni Verga nasce a Catania (secondo alcuni a Vizzini, dove la famiglia aveva delle proprietà), da Giovanni Battista Verga Catalano, originario di Vizzini e discendente dal ramo cadetto di una famiglia nobile, e da Caterina di Mauro, appartenente alla borghesia catanese. Il nonno paterno, Giovanni, era stato «liberale, *carbonaro* e deputato per la nativa Vizzini al primo Parlamento siciliano del 1812», secondo la testimonianza del De Roberto. I Verga Catalano erano una tipica famiglia di «galantuomini» ovvero di nobili di provincia con scarse risorse finanziarie, ma costretti a ben comparire data la posizione sociale. Non manca al quadro la lite con i parenti ricchi: le zie zitelle, le avarissime «mummie», e lo zio Salvatore che, in virtù del maggiorascato, aveva avuto in eredità tutto il patrimonio, a patto che restasse celibe, per amministrarlo in favore anche dei fratelli. Le controversie si composero probabilmente negli anni Quaranta e i rapporti familiari furono in seguito buoni come rivelano le lettere dello scrittore e la conclusione di un matrimonio in famiglia tra Mario, il fratello di Giovanni detto Maro, e Lidda, figlia naturale di don Salvatore e di una contadina di Tèbidi.

1851
Compiuti gli studi primari e medi sotto la guida di Carmelino Greco e di Carmelo Platania, Giovanni segue le lezioni di don Antonino Abate, poeta, romanziere e acceso patriota, capo di un fiorente *studio* in Catania. Alla sua scuola, oltre ai poemi dello stesso maestro, legge i classici: Dante, Petrarca, Ariosto, Tasso, Monti, Manzoni e le opere di Domenico Castorina, poeta e narratore di Catania, di cui l'Abate era un commentatore entusiasta.

1854-55
Per un'epidemia di colera, la famiglia Verga si trasferisce a Vizzini, quindi nelle sue terre di Tèbidi, fra Vizzini e Licodia.

1857
Termina di scrivere il suo primo romanzo, iniziato l'anno precedente, *Amore e Patria*. Non verrà pubblicato per consiglio del canonico Mario Torrisi, di cui il Verga fu alunno, insieme a Mario Rapisardi, dal 1853 al 1857.

1858
Per desiderio del padre si iscrive alla facoltà di legge dell'Università di Catania, senza dimostrare tuttavia molto interesse per gli studi giuridici, che abbandona definitivamente nel 1861 per dedicarsi, incoraggiato dalla madre, all'attività letteraria.

1860
Si arruola nella Guardia Nazionale – istituita dopo l'arrivo di Garibaldi a Catania – prestandovi servizio per circa quattro anni. Fonda, dirigendolo per soli tre mesi, insieme a Nicolò Niceforo e ad Antonino Abate, il settimanale politico « Roma degli Italiani », con un programma unitario e anti-regionalistico.

1861
Inizia la pubblicazione, a sue spese presso l'editore Galatola di Catania, del romanzo *I carbonari della montagna*, cui aveva lavorato già dal 1859; nel 1862 uscirà il quarto e ultimo tomo del libro che l'autore invierà ad Alexandre Dumas, a Cletto Arrighi, a Domenico Guerrazzi e a Frédéric Mistral.
Collabora alla rivista « L'Italia contemporanea », probabilmente pubblicandovi una novella o meglio il primo capitolo di un racconto realista.

1863
Nelle appendici del periodico fiiorentino « La Nuova Europa », di ispirazione filogaribaldina, riprende dal 13 gennaio fino al 15 marzo la pubblicazione del romanzo *Sulle lagune*, le cui due prime puntate erano apparse l'anno precedente nei numeri del 5 e del 9 agosto.
Il 5 febbraio muore il padre.

1864
Dirige per breve tempo il giornale politico « L'Indipendente ».

1865
Nel maggio si reca, per la prima volta, rimanendovi almeno fino al giugno, a Firenze, dal 1864 capitale d'Italia e centro della vita politica e intellettuale. È di questo periodo la commedia, inedita, *I nuovi tartufi* (in testa alla seconda stesura si legge la data 14 dicembre 1865), che fu inviata, anonima, al Concorso Drammatico Governativo.

1866
L'editore Negro di Torino pubblica *Una peccatrice*, romanzo scritto nel 1865.

1867
Una nuova epidemia di colera lo costringe a rifugiarsi con la famiglia nelle proprietà di Sant'Agata li Battiati.

1869
Il 26 aprile parte da Catania alla volta di Firenze, dove soggiornerà fino al settembre. Viene introdotto negli ambienti letterari fiorentini da Francesco Dall'Ongaro, al quale era stato presentato dal Rapisardi. Frequenta i salotti di Ludmilla Assing e delle signore Swanzberg, venendo a contatto col Prati, l'Aleardi, il Maffei, il Fusinato e l'Imbriani. Ha inizio l'amicizia con Luigi Capuana. Conosce Giselda Fojanesi, con la quale, nel settembre, compie il viaggio di ritorno in Sicilia. Comincia a scrivere l'*Eva* che tralascia per comporre *Storia di una capinera* e il dramma *Rose caduche*. Corrisponde regolarmente con i familiari, informandoli minutamente della sua vita fiorentina (da una lettera del '69: «Firenze è davvero il centro della vita politica e intellettuale d'Italia; qui si vive in un'altra atmosfera [...] e per diventare qualche cosa bisogna [...] vivere in mezzo a questo movimento incessante, farsi conoscere, e conoscere, respirarne l'aria, insomma»).

1870
Esce a puntate *Storia di una capinera* nel giornale di mode «La Ricamatrice», di proprietà dell'editore milanese Lampugnani, che l'anno successivo ripubblicherà il romanzo in volume con introduzione di Dall'Ongaro in forma di lettera a Caterina Percoto.

1872
Nel novembre si trasferisce a Milano, dove rimarrà, pur con frequenti ritorni in Sicilia, per circa un ventennio (alloggia in via Borgonuovo 1, poi in piazza della Scala e, infine, in corso Venezia). Grazie alla presentazione di Salvatore Farina e di Tullo Massarani, frequenta i più noti ritrovi letterari e mondani: fra l'altro i salotti della contessa Maffei, di Vittoria Cima e di Teresa Mannati-Vigoni. Si incontra con Arrigo Boito, Emilio Praga, Luigi Gualdo, amicizie da cui deriva uno stretto e proficuo contatto con temi e problemi della Scapigliatura. Al Cova, ritrovo di scrittori e artisti, frequenta il Rovetta, il Giacosa, il Torelli-Viollier – che nel 1876 fonderà il «Corriere della Sera» – la famiglia dell'editore Treves e il Cameroni. Con quest'ultimo intreccia una corrispondenza epistolare di grande interesse per le posizioni teoriche sul verismo e sul naturalismo e per i giudizi sulla narrativa con-

temporanea (Zola, Flaubert, Vallés, D'Annunzio). Giselda Fojanesi sposa il Rapisardi.

1873
Esce *Eva*, che aveva iniziato a scrivere nel 1869 (l'editore Treves gliene diede un compenso di sole 300 lire, prendendosi gratuitamente i diritti sulla *Capinera*, che anni prima aveva rifiutato). Lavora ai due romanzi da cui si aspetta la definitiva consacrazione di scrittore, *Tigre reale* e *Eros* (intitolato inizialmente *Aporeo*), intavolando laboriose trattative per la pubblicazione col Treves.

1874
Al ritorno a Milano, nel gennaio, ha una crisi di sconforto (il 20 del mese il Treves gli aveva rifiutato *Tigre reale*) che lo spinge quasi a decidere il rientro definitivo in Sicilia. La supera rapidamente buttandosi nella vita mondana milanese (le lettere ai familiari sono un minutissimo resoconto, oltre che dei suoi rapporti con l'ambiente editoriale, di feste, veglioni e teatri) e scrivendo in soli tre giorni *Nedda*. La novella, pubblicata il 15 giugno nella « Rivista italiana di scienze, lettere e arti », ha un successo tanto grande quanto inaspettato per l'autore che continua a parlarne come di « una vera miseria » e non manifesta alcun interesse, se non economico, al genere del racconto. *Nedda* è subito ristampata dal Brigola, come estratto dalla rivista. Il Verga, spinto dal buon esito del bozzetto e sollecitato dal Treves, scrive nell'autunno, tra Catania e Vizzini, alcune delle novelle di *Primavera* e comincia a ideare il bozzetto marinaresco *Padron 'Ntoni*, di cui, nel dicembre, invia la seconda parte all'editore.

1875
Pubblica *Tigre reale* e *Eros* presso il Brigola. Lavora alle novelle (*Primavera* e *Certi argomenti*) e a una commedia, *Dopo*, che non riuscirà a finire (ne pubblicherà poche scene nel 1902 nella rivista « La Settimana »).

1876
Decide di rifare *Padron 'Ntoni*, che già nel settembre del 1875 aveva giudicato « dilavato », e prega il Treves di annunziarne la pubblicazione nell'« Illustrazione italiana ». Raccoglie in volume le novelle scritte fino ad allora, pubblicandole presso il Brigola con il titolo *Primavera ed altri racconti*.

1877
Il romanzo procede lentamente: nell'autunno scrive al Capuana: « Io non faccio un bel nulla e mi dispero ». Nell'aprile era morta Rosa, la sorella prediletta.

1878
Nell'agosto pubblica nella rivista « Il Fanfulla » *Rosso Malpelo*, mentre comincia a stendere *Fantasticheria*.
In una lettera del 21 aprile all'amico Salvatore Paola Verdura annuncia il progetto di scrivere una serie di cinque romanzi, *Padron 'Ntoni, Mastro-don Gesualdo, La Duchessa delle Gargantàs, L'onorevole Scipioni, L'uomo di lusso*, « tutti sotto il titolo complessivo della Marea ». Il 5 dicembre muore la madre, alla quale era legato da profondo affetto.

1879
Attraversa una grave crisi per la morte della madre (« Mi sento istupidito. Vorrei muovermi, vorrei fare non so che cosa, e non sarei capace di una risoluzione decisiva » scrive il 14 gennaio al Massarani), tanto da rimanere inattivo nonostante la volontà e la coscienza del proprio valore (« Io ho la febbre di fare, non perché me ne senta la forza, ma perché credo di essere solo con te e qualche altro a capire come si faccia lo stufato » confida il 16 marzo al Capuana). Nel luglio lascia finalmente Catania per recarsi a Firenze e successivamente a Milano, dove riprende con accanimento il lavoro.
In agosto esce *Fantasticheria* nel « Fanfulla della Domenica ». Nel novembre scrive *Jeli il pastore*. Tra la fine dell'anno e la primavera successiva compone e pubblica in varie riviste le altre novelle di *Vita dei campi*.

1880
Pubblica presso Treves *Vita dei campi* che raccoglie le novelle apparse in rivista negli anni 1878-80. Continua a lavorare ai *Malavoglia* e nella primavera ne manda i primi capitoli al Treves, dopo aver tagliato le quaranta pagine iniziali di un precedente manoscritto. Incontra, a distanza di quasi dieci anni, Giselda Fojanesi, con la quale ha una relazione che durerà circa tre anni, sicuramente fino al 1883. *Di là del mare*, novella epilogo delle *Rusticane*, adombra probabilmente il rapporto sentimentale con Giselda, ne descrive in certo modo l'evoluzione e l'inevitabile fine.

1881
Nel numero di gennaio della « Nuova Antologia » pubblica col titolo *Poveri pescatori* l'episodio della tempesta tratto dai *Malavoglia*. Escono per i tipi di Treves *I Malavoglia*, accolti freddamente dalla critica (« *I Malavoglia* hanno fatto fiasco, fiasco pieno e completo » confessa l'11 aprile al Capuana). Inizia i contatti epistolari con Édouard Rod, giovane scrittore svizzero che risiede a Parigi e che nel 1887 darà alle stampe la traduzione francese dei *Malavoglia*. Stringe rapporti di amicizia col De Roberto. Comincia a ideare il *Mastro-don*

Gesualdo e pubblica in rivista *Malaria* e *Il Reverendo* che all'inizio dell'anno aveva proposto al Treves per la ristampa di *Vita dei campi* in sostituzione di *Il come, il quando ed il perché*.

1882
Esce, da Treves, *Il marito di Elena* e, in opuscolo, presso l'editore Giannotta di Catania, una nuova redazione di *Pane nero*. Continua a lavorare alle future *Novelle rusticane*, pubblicandole man mano in rivista e inizia la stesura delle novelle milanesi di *Per le vie*. Nel maggio si reca a Parigi per incontrare il Rod e successivamente a Médan dove visita Émile Zola. Nel giugno è a Londra. Alla fine dell'anno escono presso Treves le *Novelle rusticane* con la data 1883.

1883
Lavora intensamente ai racconti di *Per le vie*, pubblicandoli nel « Fanfulla della Domenica », nella « Domenica letteraria » e nella « Cronaca bizantina ». Il volume esce all'inizio dell'estate presso Treves.
Nel giugno torna in Sicilia « stanco d'anima e di corpo », per rigenerarsi e cercare di concludere il *Mastro-don Gesualdo*. Nell'autunno nasce il progetto di ridurre per le scene *Cavalleria rusticana*; perciò intensifica i rapporti col Giacosa, che sarà il « padrino » del suo esordio teatrale. Sul piano della vita privata continua la relazione con Giselda che viene cacciata di casa dal Rapisardi per la scoperta di una lettera compromettente. Ha inizio la lunga e affettuosa amicizia (durerà oltre la fine del secolo: l'ultima lettera è datata 11 maggio 1905) con la contessa Paolina Greppi.

1884
È l'anno dell'esordio teatrale con *Cavalleria rusticana*. Il dramma, letto e bocciato durante una serata milanese da un gruppo di amici (Boito, Emilio Treves, Gualdo), ma approvato dal Torelli-Viollier, è rappresentato per la prima volta e con grande successo il 14 gennaio al teatro Carignano di Torino dalla compagnia di Cesare Rossi, con Eleonora Duse nella parte di Santuzza. Esce da Sommaruga di Roma la raccolta di novelle *Drammi intimi*, di cui tre, *I drammi ignoti*, *L'ultima visita*, *Bollettino sanitario*, saranno ripresi nel 1891 in *I ricordi del capitano d'Arce*. Si conclude, con la pubblicazione della prima redazione di *Vagabondaggio* e di *Mondo piccino* ricavati dagli abbozzi del romanzo, la prima fase di stesura del *Mastro-don Gesualdo* per il quale era già pronto il contratto con l'editore Casanova.

1885
Il 16 maggio il dramma *In portineria*, adattamento teatrale di *Il canarino del N. 15*, una novella di *Per le vie*, viene accolto freddamente al teatro Manzoni di Milano. Ha inizio una crisi psicologica aggravata

dalla difficoltà di portare avanti il «Ciclo dei Vinti» e soprattutto da preoccupazioni economiche personali e della famiglia, che lo assilleranno per alcuni anni, toccando la punta massima nell'estate del 1889. Confida il suo scoraggiamento a Salvatore Paola Verdura in una lettera del 17 gennaio da Milano. Si infittiscono le richieste di prestiti agli amici, in particolare a Mariano Salluzzo e al conte Gegè Primoli.

1886-87
Passa lunghi periodi a Roma. Lavora alle novelle pubblicate dal 1884 in poi, correggendole e ampliandole per la raccolta *Vagabondaggio*, che uscirà nella primavera del 1887 presso l'editore Barbèra di Firenze. Nello stesso anno esce la traduzione francese dei *Malavoglia* senza successo né di critica né di pubblico.

1888
Dopo aver soggiornato a Roma alcuni mesi, all'inizio dell'estate ritorna in Sicilia, dove rimane (tranne brevi viaggi a Roma nel dicembre 1888 e nella tarda primavera del 1889) sino al novembre 1890, alternando alla residenza a Catania lunghi soggiorni estivi a Vizzini. Nella primavera conduce a buon fine le trattative per pubblicare *Mastro-don Gesualdo* nella «Nuova Antologia» (ma in luglio romperà col Casanova, passando alla casa Treves). Il romanzo esce a puntate nella rivista dal 1° luglio al 16 dicembre, mentre il Verga vi lavora intensamente per rielaborare o scrivere *ex novo* i sedici capitoli. Nel novembre ne ha già iniziata la revisione. Il parigino «Théâtre Libre» di Antoine rappresenta *Cavalleria rusticana*.

1889
Continua l'«esilio» siciliano («fo vita di lavoratore romito» scrive al Primoli), durante il quale si dedica alla revisione o, meglio, al rifacimento del *Mastro-don Gesualdo* che sul finire dell'anno uscirà presso Treves. Pubblica nella «Gazzetta letteraria» e nel «Fanfulla della Domenica» le novelle che raccoglierà in seguito nei *Ricordi del capitano d'Arce* e dichiara a più riprese di esser sul punto di terminare una commedia, forse *A villa d'Este*. Incontra la contessa Dina Castellazzi di Sordevolo cui rimarrà legato per il resto della vita.

1890
Rinfrancato dal successo di *Mastro-don Gesualdo* progetta di continuare subito il «Ciclo» con la *Duchessa di Leyra* e *L'onorevole Scipioni*. Continua a pubblicare le novelle che confluiranno nelle due ultime raccolte.

1891
Pubblica da Treves *I ricordi del capitano d'Arce*. Inizia la causa con-

tro Mascagni e l'editore Sonzogno per i diritti sulla versione lirica di *Cavalleria rusticana*.
A fine ottobre si reca in Germania per seguire le rappresentazioni di *Cavalleria* a Francoforte e a Berlino.

1893
Si conclude, in seguito a transazione col Sonzogno, la causa per i diritti su *Cavalleria*, già vinta da Verga nel 1891 in Corte d'appello. Lo scrittore incassa circa 140.000 lire, superando finalmente i problemi economici che lo avevano assillato nel precedente decennio. Prosegue intanto le trattative, iniziate nel '91 e che si concluderanno con un nulla di fatto, con Puccini per una versione lirica della *Lupa* su libretto di De Roberto. Pubblica nell'« Illustrazione italiana » una redazione riveduta di *Jeli il pastore*, *Fantasticheria* (col titolo *Fantasticherie*) e *Nedda*. Si stabilisce definitivamente a Catania dove rimarrà sino alla morte, tranne brevi viaggi e permanenze a Milano e a Roma.

1894-1895
Pubblica l'ultima raccolta, *Don Candeloro e C.*[1], che comprende novelle scritte e pubblicate in varie riviste tra l' '89 e il '93. Nel '95 incontra a Roma, insieme a Capuana, Émile Zola.

1896
Escono presso Treves i drammi *La Lupa*, *In portineria*, *Cavalleria rusticana*. *La Lupa* è rappresentata con successo sulle scene del teatro Gerbino di Torino il 26 gennaio. A metà anno ricomincia a lavorare alla *Duchessa di Leyra*.

1897
In una rivista catanese, « Le Grazie », è pubblicata la novella *La caccia al lupo* (1° gennaio). Esce presso Treves una nuova edizione, illustrata da Arnaldo Ferraguti, di *Vita dei campi*, con notevoli varianti rispetto al testo del 1880.

1898
In una lettera datata 10 novembre a Édouard Rod afferma di lavorare « assiduamente » alla *Duchessa di Leyra*, della quale la « Nuova Antologia » annuncia la prossima pubblicazione.

1901
In novembre al teatro Manzoni di Milano sono rappresentati i bozzetti *La caccia al lupo* e *La caccia alla volpe*, pubblicati da Treves l'anno successivo.

1902
Il « Théâtre Libre » di Antoine rappresenta a Parigi *La caccia al lupo*.

1903
Sono affidati alla sua tutela i figli del fratello Pietro, morto nello stesso anno. In novembre al Manzoni di Milano è rappresentato il dramma *Dal tuo al mio*.

1905
Dal 16 maggio al 16 giugno esce a puntate nella « Nuova Antologia » il romanzo *Dal tuo al mio*, pubblicato in volume da Treves nel 1906.

1907-1920
Il Verga rallenta sempre più la sua attività letteraria e si dedica assiduamente alla cura delle proprie terre. Continua a lavorare alla *Duchessa di Leyra* (il 1° gennaio 1907 da Catania scrive al Rod: « Io sto lavorando alla *Duchessa* »), di cui sarà pubblicato postumo un solo capitolo a cura del De Roberto in « La Lettura », 1° giugno 1922. Tra il 1912 e il 1914 affida al De Roberto la sceneggiatura cinematografica di alcune sue opere tra cui *Cavalleria rusticana*, *La Lupa*, mentre egli stesso stende la riduzione della *Storia di una capinera*, pensando anche di ricavarne una versione teatrale, e della *Caccia al lupo*. Nel 1919 scrive l'ultima novella: *Una capanna e il tuo cuore*, che uscirà pure postuma nell'« Illustrazione italiana » il 12 febbraio 1922. Nel 1920 pubblica, infine, a Roma presso La Voce una edizione riveduta delle *Novelle rusticane*. Nell'ottobre è nominato senatore.

1922
Colpito da paralisi cerebrale il 24 gennaio, muore il 27 a Catania nella casa di via Sant'Anna, 8.
Tra le opere uscite postume, oltre alle due citate, vi sono la commedia *Rose caduche*, in « Le Maschere », giugno 1928 e il bozzetto *Il Mistero*, in « Scenario », marzo 1940.

Antologia della critica

Giovanni Verga ha testé pubblicato un altro racconto, *Il marito di Elena* (Milano, Treves editore), nel quale mi pare che abbia molto saviamente voltato le spalle alle teoriche novissime e assolute, e che ricominci ad essere il Verga d'una volta, il Verga dell'*Eva* e dell'*Eros*, anzi qualche cosa di meglio, il Verga fatto più forte dalla pratica e dallo studio. Egli è così poco oggettivo in questo libro, che non teme d'intervenire più d'una volta, in mezzo alla narrazione, per disvelarci dei movimenti psichici i quali dal fatto non risultano; e perfino di precedere gli avvenimenti, annunciando con un'esclamazione o con una riflessione qualche cosa che dovrà seguire più tardi... Ebbene, io credo che nessuno dei lettori del Verga si affliggerà molto di questa *evoluzione*...

Dalle *Corrispondenze letterarie* del «Fanfulla della domenica», n. 14, 2 aprile 1882

Col *Marito di Elena* l'autore ci conduce in mezzo alla piccola borghesia di provincia. Ma il suo studio, in molti punti eccellente, non raggiunge nell'insieme la necessaria vitalità artistica di cui parlo. Vi sono qua e là sproporzioni di parti; vi apparisce una certa fretta e una specie di trascuratezza; avvenimenti e personaggi non assumono quella stupenda solidità alla quale il Verga ci ha abituati in altri recenti lavori, in *Pane nero* per esempio...

Luigi Capuana, *Per l'arte*, Giannotta, Catania 1885

Dell'attività rapsodica ed extravagante che corre tra i *Malavoglia*, le *Rusticane* e *Mastro-don Gesualdo*, il libro più significativo e artisticamente il più notevole rimane *Il marito di Elena* (1882). Malamente il romanzo è stato interpretato come il dramma di una Bovary verghiana: se il modello del grande artista francese è pur presente, l'interesse del Verga è per il dramma del "filius familias", che vede crollare un suo sogno di felicità domestica, a causa della vanità e della leggerezza della sua compagna. E l'artista raggiunge effetti potenti solo quando i capricci della sensualità della donna si abbattono contro i pacifici e umili affetti casalinghi. Tragedia della casa anche questa, anche se l'autore pensava di far altro. (...) Col *Marito di Elena* respiriamo dunque nella stessa filosofia della *Vita dei campi* e dei *Malavoglia*, con un tentativo di maggiore affinamento per quello che è il sentimento della muliebrità, quasi che l'artista idoleggi già, istintivamente, il fantasma della Duchessa de Leyra. Ma anche qui il dramma della casa soverchia e predomina sul sogno dell'amore; la nostalgia dell'amore in Verga artista, in questo periodo, sappiamo, è una nostalgia piuttosto polemica. Egli ama sempre quei fantasmi, ma crucciato; ed era pur necessario, invece, un abbandono più clemente. Il suo pessimismo polemico inaridisce difatti la fonte stessa del suo sogno. Anche qui gli amori di Elena sono tinti di una luce grottesca e melodrammatica, e preannunciano gli amori di Ninì Rubiera di *Mastro-don Gesualdo*, l'episodio artisticamente meno felice di quest'altro romanzo.

Luigi Russo, *Giovanni Verga*, Laterza, Bari 1941

Il fatto è che tutta la problematica delle novelle e dei *Malavoglia* è ormai in via di superamento: non solo l'accettazione dolente, rassegnata, malinconica della propria vita, ma anche l'adesione ad un mondo ideale sorretto da vagheggiati principî morali cominciano nel Verga a venir meno. Se Elena sbagliava ed era decisamente condannata perché, vedendo delusi dalla opacità della vita quotidiana i propri sogni romantici, aveva reagito con la fantasticheria e l'avventura, insufficiente, se non errata, è in fondo anche la reazione di Cesare, con la sua dedizione affettuosa e costante, col suo continuo sacrificio: gli ingenui e gli onesti finiscono, in questo modo, coll'essere sempre ingannati, la loro parte è purtroppo quella dei deboli, la rassegnazione. Nel Verga comincia lentamente a farsi strada (si pensi alla concezione della vita che appare già da *Pane nero*, che uscì nello stesso anno del *Marito di Elena*, e al ritmo epico di *La roba*) l'idea di un altro atteggiamento, di un'altra possibilità di vita: reagire con cattiveria, mettendo da parte gli astratti ideali romantici e accettando spregiudicatamente la realtà con cui abbiamo a che fare: non essere né vittime rassegnate come Cesare né vani sognatori come Elena. (...) Con *Il marito di Elena* si esaurisce, insomma, tutta la problematica verghiana del primo periodo; s'imponeva ormai la necessità di una nuova ricerca, di un atteggiamento umano e stilistico più fermo e risoluto, meno romantico e più pienamente veristico: l'attenzione realistica per certi ambienti di provincia dominati dalla nobiltà, le figure della baronessa e del figlio già preludono d'altronde al mondo delle *Rusticane* (soprattutto a *La roba*) e a quello di *Mastro-don Gesualdo*.

Romano Luperini, *Pessimismo e verismo in Giovanni Verga*, Liviana, Padova 1968

La materia affrontata tumultuosamente nelle opere giovanili, fra intenzioni di scandalo e clamorose immaturità espressive, viene ripresa come dopo un processo di decantazione e sottoposta a una stringente verifica analitica. Lo scrittore è ora in grado di valersi degli strumenti d'indagine offertigli dall'adesione all'ideologia positivista; il romanzo si configura come uno studio d'anima e d'ambiente, dove la rappresentazione dei protagonisti viene effettuata secondo il triplice modulo indicato dal Taine, indole educazione esperienza. Certo, l'operazione ha un prezzo: nella regolarità d'ordito del nuovo libro va perduto il fervore melodrammatico che contrassegnava l'autenticità delle opere d'un tempo, e comunque ne assicurava l'efficacia d'impatto sul pubblico. Nondimeno *Il marito di Elena* ha un'importanza rilevante per chiarire meglio i motivi del risentimento critico nutrito dal Verga verso la civiltà contemporanea e che sta alla base tanto della sua narrativa di stampo verista quanto di quella d'impronta intimista, proseguita ancora oltre la scoperta del mondo popolare siciliano, sino alle ultime raccolte di novelle.

Vittorio Spinazzola, *Verismo e positivismo*, Garzanti, Milano 1977

Bibliografia

Le più importanti opere del Verga (romanzi, racconti, teatro) sono edite da Mondadori. Di recente pubblicazione sono *Sulle lagune* (a cura di G. Nicolai, Modena, S.T.E.M. - Mucchi, 1973) e *I carbonari della montagna* con, pure, *Sulle lagune* (a cura di C. Annoni, Milano, Vita e Pensiero, 1975). Del *Mastro-don Gesualdo* è uscita l'edizione critica a cura di C. Riccardi nella collana «Testi e strumenti di filologia italiana» della Fondazione Arnoldo e Alberto Mondadori per le edizioni del Saggiatore (Milano, 1979). Con l'edizione critica di *Vita dei campi* (a cura di C. Riccardi) e di *Drammi intimi* (a cura di G. Alfieri) è iniziata l'edizione nazionale delle opere di Giovanni Verga presso l'editore Le Monnier e con il patrocinio della Fondazione Verga e del Banco di Sicilia. Nei «Meridiani» di Mondadori sono stati pubblicati *I grandi romanzi*, ovvero *I Malavoglia* e *Mastro-don Gesualdo* (prefazione di R. Bacchelli, testi e note a cura di F. Cecco e C. Riccardi, Milano, 1979²), e *Tutte le novelle*, con le novelle sparse e abbozzi inediti, nei testi stabiliti criticamente, con introduzione e note filologico-critiche di C. Riccardi (Milano, 1979).

Nella «Biblioteca Universale Rizzoli» sono apparsi *I Malavoglia* (Milano, 1978) e *Mastro-don Gesualdo* (Milano, 1979) a cura di G. Carnazzi; Sellerio ha ristampato *Drammi intimi* con prefazione di C.A. Madrignani, presentandoli come una raccolta dimenticata e mai ripubblicata: in realtà dopo l'edizione sommarughiana del 1884 furono ristampati due volte, nel 1907 a Napoli e nel 1914 a Milano nella «Bibliotec amena Quattrini» senza l'approvazione del Verga. Questi ne inserì tre, dopo averli rielaborati, in *I ricordi del capitano d'Arce*; gli altri non più ripresi dall'autore sono stati sempre riprodotti nelle appendici delle edizioni delle novelle (v. *Tutte le novelle*, Note ai testi, pp. 1050-53).

Da Cappelli un volumetto di *Racconti milanesi* (*Primavera, X* e tutte le novelle di *Per le vie*) presentati da E. Sanguineti inaugura la collanina « Il Caladrio » (Bologna, 1979); negli « Oscar » di Mondadori è riapparso dopo una lunga assenza il romanzo più flaubertiano di Verga *Il marito di Elena*, a cura di M. Vitta, e sono stati ristampati sulla base dei testi critici *I Malavoglia* e *Mastro-don Gesualdo*, a cura di C. Riccardi (Milano, 1980), e, inoltre, *Tutto il teatro*, a cura di N. Tedesco, che riproduce l'edizione procurata dai Perroni nel 1952. Gli abbozzi teatrali inediti sono leggibili in *Prove d'autore*, a cura di L. Jannuzzi e N. Leotta, Lecce, Milella, 1983. Terzo volume dei « Tascabili del Bibliofilo » di Longanesi è la ristampa anastatica dell'edizione 1897 di *Vita dei campi*, illustrata da Arnaldo Ferraguti e ritoccata stilisticamente dal Verga (Milano, 1980): per i rapporti tra questa e l'edizione del 1880 (e le varianti) si veda la nota al testo in *Tutte le novelle*, pp. 1008-24. Una scelta di novelle, da *Vita dei campi*, *Novelle rusticane*, *Vagabondaggio*, *Don Candeloro e C.* [1] è uscita negli « Oscar Letture » per la scuola, a cura di E. Esposito. Un'edizione scolastica ottimamente commentata è uscita a cura di F. Cecco nel 1986 presso le edizioni scolastiche Bruno Mondadori.

Due recenti edizioni dei *Malavoglia* sono l'una, fuori commercio, riservata agli abbonati a « L'Unità » per l'anno 1979, a cura di E. Ghidetti, con otto tavole originali di R. Guttuso e con un saggio introduttivo di E. Sanguineti (Roma, L'Unità - Editori Riuniti, 1979), l'altra nella collana « I grandi libri per la scuola » a cura di N. Merola (Milano, Garzanti, 1980). Nella stessa collana di Garzanti sono uscite *Le novelle*, a cura di N. Merola, voll. 2 (Milano, 1980). Ancora *Le novelle* in due volumi a cura di G. Tellini, sono state pubblicate presso Salerno (Roma, 1980).

Sulla vita del Verga si vedano le seguenti biografie: N. Cappellari *Vita di Giovanni Verga, Opere di Giovanni Verga*, voll. 2, Firenze, Le Monnier, 1940; G. Cattaneo, *Giovanni Verga*, Torino, UTET, 1963; F. De Roberto, *Casa Verga e altri saggi verghiani*, a cura di C. Musumarra, Firenze, Le Monnier, 1964. La cronologia del presente volume, desunta in parte, da *Tutte le novelle*, 1979 rappresenta l'aggiornamento biografico più recente.

Per l'epistolario verghiano, data la molteplicità dei contributi per lo più su riviste, rimandiamo al *Regesto delle lettere a stampa di Giovanni Verga*, di G. Finocchiaro Chimirri (Catania, Società di Storia patria per la Sicilia Orientale, 1977). In volume sono uscite le *Lettere al suo traduttore*, a cura di F. Chiappelli, Firenze, Le Monnier, 1954;

Lettere d'amore, a cura di G. Raya, Roma, Ciranna, 1971; *Lettere di Giovanni Verga a Luigi Capuana*, a cura di G. Raya, Firenze, Le Monnier, 1975 e ora anche le *Lettere a Paolina* a cura di G. Raya, Roma, Fermenti, 1980. Particolarmente importanti, inoltre, le lettere a Felice Cameroni (*Lettere inedite di Giovanni Verga*, raccolte e annotate da M. Borghese, in «Occidente», IV, 1935: alcune sono riprodotte in appendice a *I grandi romanzi*, cit.); a Ferdinando Martini (v. A. Navarria, *Annotazioni verghiane e pagine staccate*, Caltanissetta-Roma, Sciascia, 1977); a Federico De Roberto (v. *Verga De Roberto Capuana*, Catalogo della Mostra per le Celebrazioni Bicentenarie della Biblioteca Universitaria di Catania, a cura di A. Ciavarella, Catania, Giannotta, 1055). Un volume intitolato *Lettere sparse*, a cura di G. Finocchiaro Chimirri (Roma, Bulzoni, 1979), riunisce tutto quanto edito a quella data dell'epistolario verghiano. Recentissimi contributi sono apparsi nell'«Osservatore politico letterario» *Un carteggio inedito Capuana-Verga-Navarro*, a cura di S. Zappulla (dicembre 1979) e *Corrispondenza inedita tra Verga e Lopez*, a cura di G. Raya (gennaio 1980).

Un'utilissima documentazione sui rapporti di Verga con i suoi editori si ricava dall'epistolario pubblicato da G. Raya in *Verga e i Treves*, Roma, Herder, 1986

Una *Bibliografia verghiana* è stata approntata da G. Raya (Roma, Ciranna, 1972), molto utile, ma in alcuni punti arricchita dagli ultimi studi: vasto, ma con qualche imprecisione nei dati cronologici e bibliografici, il saggio di G.P. Marchi, *Concordanze verghiane*, così come l'antologia della critica di P. Pullega, *Leggere Verga*, Bologna, Zanichelli, 1975 [2]. Altre antologie della critica sono: G. Santangelo, *Storia della critica verghiana*, Firenze, La Nuova Italia, 1969 [2]; A. Seroni, *Verga*, Palermo, Palumbo, 1973 [5]; R. Luperini, *Interpretazioni del Verga*, Roma, Savelli, 1975; E. Ghidetti, *Verga. Guida storico-critica*, Roma Editori Riuniti, 1979. La più recente riflessione sugli ultimi risultati critici è di V. Masiello: *Il punto su Verga*, Bari, Laterza, 1986

Diamo, inoltre, notizia dei più importanti studi sul verismo e sull'opera di Verga in generale e su aspetti e problemi particolari:

F. Cameroni, *Realismo. «Tigre reale» di Giovanni Verga*, in «L'Arte drammatica», 10 luglio 1875; «*I Malavoglia*», in «La Rivista repubblicana», n. 2, 1881; «*Novelle rusticane*», in «La Farfalla», 17 dicembre 1882; poi in *Interventi critici sulla letteratura italiana*; a cura di G. Viazzi, Napoli, Guida, 1974.

L. Capuana, *Studi sulla letteratura contemporanea*, I serie, Milano, Brigola, 1880; II serie, Catania, Giannotta, 1882.

— *Gli « ismi » contemporanei*, Catania, Giannotta, 1898; ristampato a cura di G. Luti, Milano, Fabbri, 1973.

— *Verga e D'Annunzio*, a cura di M. Pomilio, Bologna, Cappelli, 1972. (Sono raccolti gli scritti su V., tra cui quelli apparsi nei volumi sopra citati).

F. Torraca, *Saggi e rassegne*, Livorno, Vigo, 1885.

E. Scarfoglio, *Il libro di don Chisciotte*, Roma, Sommaruga, 1885.

E. Panzacchi, *Morti e viventi*, Catania, Giannotta, 1898.

B. Croce, *Giovanni Verga*, in « La Critica », I, IV, 1903; poi in *La letteratura della nuova Italia*, III, Bari, Laterza, 1922.

R. Serra, *Le lettere*, Roma, Bontempelli, 1914, ristampato a cura di M. Biondi, Milano, Longanesi, 1974.

K. Vossler, *Letteratura italiana contemporanea*, Napoli, Ricciardi, 1916.

F. Tozzi, *Giovanni Verga e noi*, in « Il Messaggero della Domenica », 17 novembre 1918; poi in *Realtà di ieri e di oggi*, Milano, Alpes, 1928.

L. Russo, *Giovanni Verga*, Napoli, Ricciardi, 1920 [1919]; nuova redazione, Bari, Laterza, 1934; terza edizione ampliata 1941; ultima edizione 1974.

— Prefazione a G.V., *Opere*, Milano-Napoli, Ricciardi, 1955.

— Profilo critico in *I narratori* (1850-1957), Milano-Messina, Principato, 1958.

— *Verga romanziere e novelliere*, Torino, Eri, 1959.

A. Momigliano, *Giovanni Verga narratore*, Palermo, Priulla, s.d. [1923]; poi in *Dante, Manzoni, Verga*, Messina, D'Anna, 1944.

V. Lugli, *I due « Mastro-don Gesualdo »*, in « Rivista d'Italia », marzo 1925; poi in *Dante e Balzac*, Napoli, Edizioni scientifiche Italiane, 1952 (contiene anche *Il discorso indiretto libero in Flaubert e in Verga*).

Studi Verghiani, a cura di L. Perroni, Palermo, Edizioni del Sud, 1929 (ristampati con il titolo *Studi critici su Giovanni Verga*, Roma, Biblioteca, 1934)

G. Marzot, *L'arte del Verga*, in « Annuario dell'Istituto Magistrale A. Fogazzaro », Vicenza, 1930; rielaborato in *Preverismo, Verga e la generazione verghiana*, Bologna, Cappelli, 1965.

R. Bacchelli, *L'ammirabile Verga*, in *Confessioni letterarie*, Milano, Soc. ed. « La Cultura », 1932; poi in *Saggi critici*, Milano, Mondadori, 1962.

— *Giovanni Verga: la canzone, il romanzo, la tragedia*, prefazione a G.V., *I grandi romanzi*, Milano, Mondadori, 1972.

L. Pirandello, *Giovanni Verga*, in *Studi critici su Giovanni Verga*, cit.; poi in *Saggi*, Milano, Mondadori, 1939 e in *Saggi, poesie e scritti varii*, a cura di M. Lo Vecchio Musti, Milano, Mondadori, 1960.

G. Trombatore, *Mastro-don Gesualdo*, in «Ateneo veneto», luglio-agosto 1935; ora in *Saggi critici*, Firenze, La Nuova Italia, 1950.

— *Verga e la libertà*, in *Riflessi letterari del Risorgimento in Sicilia*, Palermo, Manfredi, 1960.

P. Arrighi, *Le vérisme dans la prose narrative italienne*, Paris, Boivin e Cie, 1937.

D. Garrone, *Giovanni Verga*, prefazione di L. Russo, Firenze, Vallecchi, 1941.

N. Sapegno, *Appunti per un saggio sul Verga*, in «Risorgimento», I, 3, 1945; ora in *Ritratto di Manzoni e altri saggi*, Bari, Laterza, 1961.

S. Lo Nigro, *Le due redazioni del Mastro-don Gesualdo*, in «Lettere italiane», I, 1, 1949.

G. Devoto, *I «piani del racconto» in due capitoli dei «Malavoglia»*, in «Bollettino del Centro studi filologici e linguistici siciliani», II, 1954; poi in *Nuovi studi di stilistica*, Firenze, Le Monnier, 1962 e in *Itinerario stilistico*, Firenze, Le Monnier, 1975.

A.M. Cirese, *Il mondo popolare nei «Malavoglia»*, in «Letteratura», III, 17-18, 1955, poi in *Intellettuali, folklore, istinto di classe*, Torino, Einaudi, 1976.

L. Spitzer, *L'originalità della narrazione nei «Malavoglia»*, in «Belfagor», XI, 1, 1956.

W. Hempel, *Giovanni Vergas Roman «I Malavoglia» und die Wiederholung als erzäblerisches Kunstmittel*, Köln-Graz, Böhlau Verlag, 1959.

G. Debenedetti, *Presagi del Verga*, in *Saggi critici*, III serie, Milano, Il Saggiatore, 1959.

— *Verga e il naturalismo*, Milano, Garzanti, 1976.

L. Sciascia, *I fatti di Bronte*, in *Pirandello e la Sicilia*, Caltanissetta Roma, Sciascia, 1961.

— *Verga e la libertà*, in *La corda pazza*, Torino, Einaudi, 1970.

G. Luti, *Italo Svevo e altri studi sulla letteratura italiana del primo Novecento* (Parte prima), Milano, Lerici, 1961. (Contiene: *La formazione del Verga, Da «Vita dei campi» a «I Malavoglia», Lo stile ne «I Malavoglia», Struttura de «I Malavoglia», «I Malavoglia» e la cultura italiana del Novecento*.

A. Asor Rosa, *Scrittori e popolo. Saggio sulla letteratura populista in Italia*, Roma, Samonà e Savelli, 1965.
— *Il caso Verga*, Palermo, Palumbo, 1972. (Contiene: A. Asor Rosa, *Il primo e l'ultimo uomo del mondo*; V. Masiello, *La lingua del Verga tra mimesi dialettale e realismo critico*; interventi di G. Petronio, R. Luperini e B. Biral).
— *Il punto di vista dell'ottica verghiana*, in *Letteratura e critica. Studi in onore di N. Sapegno*, vol. II, Roma, Bulzoni, 1975.
— «*Amor del vero*»: *sperimentalismo e verismo*, in *Storia d'Italia*, vol. IV *Dall'Unità a oggi* (tomo II), Torino, Einaudi, 1975.

G. Mariani, *Storia della Scapigliatura*, Caltanissetta-Roma, Sciascia, 1967.
— *Ottocento romantico e verista*, Napoli, Giannini, 1972.

A. Vallone, *Mastro-don Gesualdo nel 1888 e nel 1889*, in «Atti e Memorie nell'Arcadia», IV, 4, 1967.

G. Cecchetti, *Il Verga maggiore*, Firenze, La Nuova Italia, 1968.

G. Contini, Introduzione all'antologia delle opere di *Giovanni Verga*, in *Letteratura dell'Italia unita* (1861-1968), Firenze, Sansoni, 1968.

S. Pappalardo, *Il proverbio nei «Malavoglia» del Verga*, in «Lares», 1967 (nn. 1-2) - 1968 (nn. 3-4).

P. De Meijer, *Costanti del mondo verghiano*, Caltanissetta-Roma, Sciascia, 1969.

F. Nicolosi, *Questioni verghiane*, Roma, Edizioni dell'Ateneo, 1969.

R. Bigazzi, *I colori del vero*, Pisa, Nistri-Lischi, 1969.
— *Su Verga novelliere*, Pisa, Nistri-Lischi, 1975.

E. Caccia, *Il linguaggio dei Malavoglia tra storia e poesia*, in *Tecniche e valori da Dante al Verga*, Firenze, Olschki, 1969.

V. Masiello, *Verga tra ideologia e realtà*, Bari, De Donato, 1970.

A. Lanci, «*I Malavoglia*». *Analisi del racconto*, in «Trimestre», 2-3, 1971.

S. Ferrone, *Il teatro di Verga*, Roma, Bulzoni, 1972.

A. Seroni, *Da Dante a Verga*, Roma, Editori Riuniti, 1972.

G.P. Biasin, *Note sulla stremata poesia dei «Malavoglia»*, in «Forum italicum», VI, 1, 1972.

G. Guglielmi, *Ironia e negazione*, Torino, Einaudi 1973. (Contiene *Il mito nei Malavoglia*, *Sulla costruzione del Mastro-don Gesualdo* e *L'obiettivazione del Verga*).

G. Tellini, *Le correzioni di Vita dei campi*, in *L'avventura di Malombra e altri saggi*, Roma, Bulzoni, 1973.

C. Riccardi, *Dal primo al secondo «Mastro-don Gesualdo»*, in *Studi di filologia e letteratura italiana offerti a Carlo Dionisotti*, Milano-Napoli, Ricciardi, 1973.

— *Gli abbozzi del Mastro-don Gesualdo e la novella «Vagabondaggio»*, in «Studi di Filologia italiana», XXXIII, 1975.

— *Il problema filologico di «Vita dei campi»*, in «Studi di Filologia italiana», XXXV, 1977.

— *Il primo capitolo del Mastro-don Gesualdo* in «Nuova Antologia», luglio-settembre 1979.

— *«L'amante di Gramigna»: nascita e trasformazione di una novella manifesto* in *Studi di letteratura italiana offerti a Dante Isella*, Napoli, Bibliopolis, 1983.

E. Hatzantonis, *L'affettività verghiana ne «I Malavoglia»*, in «Forum italicum», VIII, 3, 1974.

G.C. Ferretti, *Verga e «altri casi»: studi marxisti sull'Otto-Novecento*, in «Problemi», 31, 1974.

C.A. Madrignani, *Discussioni sul romanzo naturalista* in *Ideologia e narrativa dopo l'unificazione*, Roma, Savelli, 1974.

C.A. Mazzacurati, *Scrittura e ideologia in Verga ovvero le metamorfosi della lupa*, in *Forma e ideologia*, Napoli, Liguori, 1974.

E. Bonora, *Le novelle milanesi del Verga*, in «Giornale storico della Letteratura italiana», XVI, 474, 1974.

F. Branciforti, *L'autografo dell'ultimo capitolo di Mastro-don Gesualdo (1888)*, in «Quaderni di Filologia e Letteratura siciliana», 2, 1974.

R. Luperini, *Giovanni Verga*, in *Il secondo Ottocento* (Parte seconda), letteratura italiana - Storia e testi, Bari, Laterza, 1975.

G.B. Bronzini, *Componente siciliana e popolare in Verga*, in «Lares», 3-4, 1975.

P. Fontana, *Coscienza storico-esistenziale e mito nei «Malavoglia»*, in «Italianistica», V, 1, 1976.

V. Spinazzola, *Verismo e positivismo*, Milano, Garzanti, 1977.

Verga inedito, in «Sigma», X, 1-2, 1977. (Contiene: L. Sciascia, *La chiave della memoria*; C. Riccardi, *«Mastro-don Gesualdo» dagli abbozzi al romanzo*; G. Mazzacurati, *Il testimone scisso: radiografia di una novella verghiana*; G. Tellini, *Nuove «concordanze» verghiane*; G. Zaccaria, *La «falsa coscienza» dell'arte nelle opere del primo Verga*; M. Dillon Wanke, *«Il marito di Elena» ovvero dell'ambiguità*; N. Merola, *Specchio di povertà*; V. Moretti, *I conflitti di «Una peccatrice»*; A. Andreoli, *Circolarità metonimica del Verga «borghese»*;

M. Boselli, *La parabola dei Vinti*; G. Baldi, *I punti di vista narrativi nei «Malavoglia»*; F. Spera, *La funzione del mistero*; G. Bàrberi Squarotti, *Fra fiaba e tragedia: «La roba»*; *11 lettere di G. Verga a E. Calandra*, a cura di G. Zaccaria e F. Monetti).

S. Campailla, *Anatomie verghiane*, Bologna, Patron, 1978.

G. Alfieri, *Innesti fraseologici siciliani nei «Malavoglia»*, in «Bollettino» del Centro di Studi filologici e linguistici siciliani, XIV, [1980].

M. Dillon Wanke, *«L'abisso inesplorato» e il livello della scrittura in «Di là del mare»*, in «La Rassegna della Letteratura italiana», gennaio-agosto 1980.

C. Cucinotta, *Le maschere di don Candeloro*, Catania, 1981.

I Malavoglia, Atti del Congresso Internazionale di Studi (1981), Catania, Biblioteca della Fondazione Verga, 1982.

N. Borsellino, *Storia di Verga*, Bari, Laterza, 1982.

G. Alfieri, *Lettera e figura nella scrittura de «I Malavoglia»*, Firenze, Accademia della Crusca, 1983.

P. Bernardi, *Per l'edizione critica delle «Novelle rusticane»* in *Studi di letteratura italiana offerti a Dante Isella*, Napoli, Bibliopolis, 1983.

F. Cecco, *Per l'edizione critica dei «Malavoglia»*, in «Studi di filologia italiana», XXXXI, 1983.

F. Branciforti, *La prefazione dei Malavoglia* in «Annali della fondazione Verga», 1, 1984.

G. Alfieri, *Il motto degli antichi*, Catania, 1985

F. Micolosi, *Verga tra De Sanctis e Zola*, Bologna, Patron, 1986.

G. Galasso - F. Branciforti, *I tempi e le opere di Giovanni Verga*, Banco di Sicilia, Le Monnier, Palermo-Firenze, 1986.

Il marito di Elena

I

Camilla picchiò all'uscio, mentre i genitori stavano per andare a letto, e disse:
« Elena è fuggita ».
Don Liborio rimase con lo stivaletto in mano, sbalordito. Poscia andò ad aprire zoppicando, pallido come un morto.
La figliuola, colla sua voce calma di ragazza clorotica, ripeté tranquillamente:
« L'ho cercata dappertutto. Non c'è più ».
Allora la mamma si rizzò a sedere sul letto, e cominciò a strillare: « M'hanno rubata mia figlia! m'hanno rubata mia figlia ». « Taci! » le disse suo marito. « Non gridare così, ché i vicini sentono! »
Il pover'uomo, tutto sottosopra; ancora mezzo scalzo, colla camicia che gli si gonfiava al pari di una gobba fra la croce degli straccali, andò ad accendere un'altra candela; ma non ci riusciva, tanto gli tremavano le mani. Poi si misero insieme a cercar per la casa, come se l'Elena stesse giuocando a rimpiatterello.
Quando don Liborio rientrò nella camera nuziale era più pallido della sua camicia, e i capelli gli piangevano di qua e di là del cranio nudo. Egli posò il candeliere sul tavolino da notte, e rimase colle braccia ciondoloni, di faccia a sua moglie seduta sul letto come una chioccia.
Donn'Anna ricominciò a guaire: « Perché non correte? Siete ancora qui? M'hanno rubata mia figlia Elena! ».
Don Liborio andava raccattando i panni per la stanza, correndo all'impazzata su e giù, urtando nelle seggiole e nel cassettone, brancicando fra le sottane della moglie affagottate sul canapè. Camilla l'aiutava ad insaccarsi nel vestito, gli assettava la camicia sulle spalle, gli correva dietro col cappello e la mazza in mano. Donn'Anna, accosciata sul letto, seguitava ad inveire. « È stato Cesare! Biso-

gna andare dal Commissario, e dirgli che Cesare ci ha rubata la figliuola, e andrà in galera se non la sposa! »

Continuando a gemere e a lamentarsi infilò una gonnella, si buttò uno scialletto sulle spalle, e si diede a frugare per le stanze anche lei, tirandosi dietro la Camilla col lume, mentre suo marito scendeva le scale barcollando. Essa rovistava in tutti i cassetti, buttando in aria ogni cosa tastando in fondo colle mani i fazzoletti di seta ad uno ad uno, passando in rivista gli astucci degli oggetti d'oro, spalancando gli sportelli degli armadi che mostravano pendenti le spoglie inerti di Elena, gli stivalini messi in fila sotto, quasi volessero dire che i piedi di lei battevano a quell'ora la campagna. Infine, più tranquilla, andò a sedere al solito posto, davanti al tavolino della briscola, e diede sfogo alle lagrime. Camilla impalata sulla seggiola di faccia a lei, colle braccia sotto il seno e il viso dilavato, non apriva bocca. Dopo un pezzetto, vedendo che la mamma stava a sfogarsi da sola, cercò pian pianino il refe e la spoletta nel cestino, e si mise a far la trina cheta cheta, senza alzare gli occhi. In tutto il quartiere di Foria non si udiva che il tic-tac dell'orologio, in un angolo buio della stanza, di là del cerchio luminoso che la ventola spandeva sul lembo della sottana di donn'Anna e sulle mani color di cera della figliuola.

All'improvviso il gatto si mise a miagolare sottovoce, nel vano nero dell'anticamera, guardando il lume insolito cogli occhi luccicanti, e donn'Anna che s'era appisolata, si destò con un sospiro.

« Il babbo tarda molto a venire » disse allora Camilla.

Sua madre sgranò gli occhi del tutto, e rispose colla voce rauca:

« Pover'uomo! ».

Finalmente si udì tornare il pover'uomo, strascicando i passi nella via. Appena entrato si lasciò andare sul canapè, quasi avesse le gambe rotte, disfatto, col cappello in testa e il bastone fra le mani. E come le donne lo interrogarono ansiose, si mise in collera per darsi animo.

« Che volete adesso? Avete perso la mula, e andate cercando la cavezza? Mi hanno riso in faccia quando hanno sentito che il rapitore è più giovane di mia figlia. Capite, donn'Anna? Al giorno d'oggi non c'è polizia, né giusti-

quále

zia, né niente! Capite? Se la serva vi ruba le posate, dovete produrre i testimonii. Se uno vi ruba la figliuola, dovete dichiarare quanti anni ella abbia! »

« Non han portato via nulla » rispose donn'Anna tuttora assonnata. « Ho passato in rivista anche le posate. »

« Hanno portato via il nostro onore, donn'Anna! » tuonò allora il marito rizzandosi in piedi, e picchiando della mazza sul pavimento. « Hanno vituperato i nostri capelli bianchi! »

E si mise ad andare su e giù per la stanza, come un leone. Donn'Anna, dinanzi a quella collera straordinaria, si rimpiccioliva nello scialletto. Infine disse:

« Io ho pianto tanto! Domandatene a Camilla ».

Don Liborio, trovandosi di faccia alla figliuola, la quale alzava il naso dalla trina per far la testimonianza, le prese il capo fra le braccia, e se lo strinse al petto, dicendo che quella era la sua diletta, e non aveva altre figlie oramai. Poscia andò a pigliare la fotografia di Elena, messa in una cornicetta di velluto, e la voltò colla faccia contro il muro.

« Così! » esclamò. « Io non ho più figlia! Mia figlia è morta! »

A quelle parole, per la prima volta il pover'uomo scoppiò a piangere davanti al rovescio del quadretto che gli voltava le spalle. Le lagrime erano commoventi su quella faccia da ritratto antico, posata gravemente sulla barba a collana di padre di famiglia e di vice-segretario giubilato; sicché la Camilla istessa adagio adagio trasse il fazzoletto di tasca, e si soffiò il naso; donna Anna scacciò il gatto che le si era accovacciato in grembo, e successe un silenzio funebre. In quella stanza muta tutto parlava ancora di Elena, la quale l'aveva piantata come aveva voltato le spalle nel ritratto: le copertine all'uncinetto che decoravano le spalliere venerande delle poltrone floscie; i fiori di carta, inalterabilmente petulanti, sugli stipi e sulle cantoniere senza pretese, senza stile, senza età e senza vernice; i vetri del balcone dipinti come una finestra di chiesa. « Ha le fate nelle mani quella ragazza! » soleva dire donn'Anna allorché passava in rivista le virtù della figlia dinanzi alle nuove conoscenze; e aggiungeva che le due ragazze erano pratiche altresì di tutti quei lavori più intimi e modesti che deve conoscere una buona madre di famiglia. Su ogni mobile c'erano dei ninnoli graziosi che Cesare aveva regalati ad Elena; sul tavolino i libri e i giornali che solevano leggere insieme; in un canto aspettava l'ultima pennellata un acquerello rappresentante una cascata argentina, fra due rocce color tanè, sotto un cielo oltremare, che due viandanti, maschio e femmina, osservavano dall'alto della rupe, tenendosi per mano, quasi avessero voluto fare il salto di Leucade; e fra i due usci si allungava il pianoforte che era costato degli anni di privazioni al povero genitore. Egli si faceva forza per aggrottare le ciglia guardando ad uno ad uno quegli oggetti, e si soffiava il naso furiosamente.

« La colpa è tutta nostra, donn'Anna! » riprese infine battendosi la fronte col palmo della mano. « L'abbiamo educata come una principessa! come se avesse dovuto sposare un re di corona! la figlia di un povero cancelliere di tribunale!... »
Allora donn'Anna, seccata dal freddo e dal sonno, perse la pazienza.

« Voi non sapete come vanno queste cose! In giornata le ragazze se non sono bene educate non si maritano, quando non hanno dote. »

« Vedete come si maritano! » proruppe don Liborio. « Ecco come si maritano! Rendendovi la favola di Napoli! gettando il disonore sui vostri capelli bianchi. »

Donn'Anna stavolta si passò la mano sui capelli neri come scarpe nuove, e si mise a brontolare fra i denti.

« Mamma! » osservò timidamente Camilla.

« Infine, purché si mariti! » disse la mamma. « Alla morte solo non c'è rimedio. E questa non è la prima, né l'ultima... »
Ma don Liborio si alzò inferocito, colle mani in aria, dalle quali penzolava il bastone, gridando:

« Mai! sentite, donn'Anna? Giammai! ».

« Cosa vuol dire questa parolaccia! » strillò allora donn'Anna levando anche lei le mani e la voce. « Volete che vostra figlia non si mariti? Volete lasciarla nel peccato? Siete cristiano sì o no stasera? » E se ne andò infuriata a cacciarsi in letto, battendogli l'uscio in faccia. Però il marito, senza darle retta, s'era calcato il cappello in testa, e s'era rimesso a sedere col bastone fra le gambe, girando tristamente i pollici, e guardando intorno in quella stanza dove soleva passare le serate tranquille, giuocando a briscola con donn'Anna, seduto in mezzo alle figliuole, di cui l'una cercava le sciarade con Cesare, mentre l'altra ricamava al fianco del cugino Roberto, che doveva sposarla da anni ed anni, e le contava i punti del canovaccio, cogli occhi fissi sulle mani di lei, senza dire una parola. A quel ricordo il genitore intenerito fissò gli occhi su di Camilla, e uscì a dire:

« Roberto sì che è un galantuomo ».

Camilla sorpresa levò il capo, e guardò il padre un istante indecisa. Poscia non trovando che dire, tornò a chiudere gli occhi sulla trina.

« Roberto non mi avrebbe fatto un tiro di quella fatta! » seguitò don Liborio. « Cesare non me l'avrebbe dovuto fare nemmen lui un simile affronto! Non era accolto come un figliuolo in casa nostra? Non gli volevamo bene tutti? Che gli mancava? Avrebbe dovuto aspettare che i suoi parenti si fossero persuasi a dir di sì, come tuo cugino, un anno, due anni, dieci anni se bisognava! »

« Cosa gli andate contando a quella ragazza? » gli rimbeccò la moglie dall'altra stanza. « Che avete perso il giudizio stasera! Venite a letto piuttosto, se no domani sarete malato. »

« No! » rispose don Liborio con fermezza. « No, non m'importa di morire! »

Di faccia a lui, in mezzo a tutta una parete di parenti e di amici in fotografia, rilegati in cornicette di cartapesta, c'era il ritratto di Cesare più grande degli altri, col collo preso fra due rigidi solini, che nondimeno sorrideva sempre graziosamente. Don Liborio si sentiva insultato da quel sorriso, ma non poteva staccarne gli occhi, e si sfogava apostrofando il ritratto, rimproverandogli la cornicetta dorata che lo faceva posare come un re in mezzo a tutti quegli altri ritratti più modesti. Così egli era stato accolto in quella casa confidente e ospitale a braccia aperte, come un beniamino, come un figliuolo; babbo e mamma s'erano abituati a non pensare ad Elena, a non far dei progetti per l'avvenire della figliuola, senza accomunarla al giovane avvocato. E costui li aveva ricompensati rubando loro la ragazza! Il povero genitore, stanco di brontolare e di mulinare col cervello, gemeva di tanto in tanto: « Tradimento! tradimento! » come un uomo preso fra le tenaglie del dentista.

« Camilla! » tornò a dire dal letto donn'Anna che non poteva conciliar sonno a quel miagolìo. « Tuo padre domani sarà malato. Non senti che freddo? Fallo andare a letto. »

Camilla si levò, avvolse accuratamente il bigherino nella spoletta, lo fermò con uno spillo, ripose il batufoletto nel cestino, infine venne a piantarsi davanti al babbo, col candeliere in mano, fissandogli in faccia tranquillamente gli occhi grigi. Don Liborio, continuando a brontolare: « No! lasciatemi crepare! » seguì la figliuola in camera, picchiando un'ultima volta colla mazza sul pavimento prima di deporla al solito posto dietro l'uscio. Camilla, dopo che gli ebbe preparato in silenzio la camicia e il berretto da notte sulla sponda del letto, e le pantofole dinanzi la poltrona, gli baciò la mano, andò a baciare la mano alla mamma, come le altre sere, e stava per andarsene, quando il padre le buttò le braccia al collo un'altra volta, per lamentarsi che gli restava quella sola, la sua Camilla. Essa lasciò sfogare il babbo, si rassettò i capelli, prese il lume, e se ne andò chetamente, chiudendosi dietro l'uscio perché non entrasse il gatto.

Il letto di Elena era tuttora preparato per la notte, di faccia al suo, nella medesima cameretta bianca ornata di immagini di santi in tappezzeria, colle teste e le mani di cartapecora in rilievo. Camilla disfece la rimboccatura, stese sul letto della sorella la coperta di lana a fiori, si acconciò i capelli quasi senza guardarsi nello specchio, messo fra due cortine, su di un tavolinetto ornato di mussolina trasparente, e cominciò a spogliarsi lentamente, fissando il letto vuoto della sorella, restando assorta di tanto in tanto ad accarezzarsi le braccia pallide e un po' magre.

Don Liborio dal canto suo non poteva risolversi ad andare a letto; e seguitava a passeggiare su e giù, in maniche di camicia e col berretto da notte in capo, ficcando le dita ogni cinque minuti nella tabacchiera. Sua moglie gemeva sotto le coperte: « Io mi sento malata! Domani chiamatemi il medico, per carità! ».

Il buonuomo allora si fermò dinanzi alla consorte, che gli mostrava un occhio malinconico di sotto le lenzuola, preso da una specie di singhiozzo che gli comprimeva la pancia dentro i calzoni fin sotto le ascelle, scuotendo tristamente il fiocco del berretto di cotone. « Quell'assassino ci farà morir tutti! » osservò infine. E tirò una presa per ricacciare indietro le lagrime.

« Sicuro che morremo tutti, se vi strapazzate così la salute! Adesso non abbiamo fatto tutto ciò che si poteva? Domani si penserà al resto. Ma se vi allettate voi, vedrete che bel costrutto! Vuol dire che non ve ne importa niente di vostra moglie, e dell'altra figlia che vi rimane!... »

Don Liborio, vinto, cominciò a spogliarsi, con degli ohi! ad ogni movimento che faceva, seguitando a dondolare il capo amaramente. Poi mise la tabacchiera sotto il guanciale, e si cacciò fra le coperte in fretta e in furia, bofonchiando degli ohi! su di un altro tono, e rimase immobile, naso a naso colla moglie, cogli occhi chiusi, e la faccia lunga sotto il berretto da notte. Donn'Anna sperando che fosse finita per quella sera, soffiò sulla candela.

Ma il marito dopo un pezzetto sospirò:

« Dove sarà adesso quella disgraziata? ».

Donn'Anna non fiatò. Però da lì a poco soggiunse:

« Quel giovane ha il fatto suo; ha preso la laurea d'avvocato, e non le farà mancare nulla a sua moglie. » « Il dispiacere l'abbiamo avuto » riprese dopo un altro breve silenzio. « Ma quando vedremo nostra figlia ben situata ci consoleremo. »

Don Liborio colla testa sprofondata nel guanciale, preso dal tepore del letto, non ebbe animo di protestare altrimenti che con un grosso sospiro. E sua moglie conchiuse:

« Guardate! Giacché il dispiacere bisognava averlo, quasi quasi vorrei che fosse fuggita anche la Camilla ».

« Roberto è un galantuomo! » tornò allora a dire don Liborio riaprendo gli occhi torvi. « Roberto non te l'avrebbe fatta una bricconata simile, dovesse aspettare dieci anni! »

« Sì! non ve l'ha fatta perché non l'hanno avanzato nell'impiego. Vorrei vedere che pensasse di farmela quando non ha di che mantenere la moglie! »

Don Liborio voleva protestare, rispondere qualche cosa, per non sembrare che si arrendesse. Ma sua moglie stavolta gli diede sulla voce.

« Ora dormite, che ne parleremo domattina. »

E fece cigolare il letto, col voltargli la schiena.

II

Elena intanto, a braccetto di Cesare, andava bussando di porta in porta, dagli amici e dai parenti, in cerca di asilo. Dopo che sua zia donn'Orsola aveva rifiutato di riceverla, sotto pretesto di non guastarsi con donna Anna, i due amanti si erano persi d'animo.

Si trovarono di nuovo nella strada, a capo chino, incerti sul da fare, sgomenti. Elena aveva suggerito di andare a chiedere ospitalità alla madre di Roberto, un'altra parente lontana di don Liborio. Ma Roberto era corso a casa mezz'ora prima a dar l'allarme, e sua madre perciò aveva avuto il tempo di non esser colta alla sprovvista e ricevette i profughi nell'anticamera, col candeliere in mano, e le ciglia in arco, fingendo di farsi la croce dalla sorpresa, protestando che non poteva alloggiare una ragazza, in coscienza, col figlio giovane che aveva in casa. Il vicinato avrebbe mormorato. Ella era molto scrupolosa su certe cose delicate. Il suo confessore era il padre Mansueto dei Cappuccini, il quale non era di manica larga. Roberto ascoltava dietro l'uscio. Elena un po' pallida, col mento leggermente convulso dall'emozione, chinava il capo, e tirava pel braccio Cesare, il quale cercava di insistere balbettando, col cappello in mano, quasi chiedesse l'elemosina, evitando gli occhietti acuti della sua interlocutrice. Costei, quando li udì sgattaiolare tastoni per le scale al buio, mise un sospirone, e disse al figliuolo, che allungava il capo dall'uscio:

« Finalmente! se ne sono andati! ».

« Ci mancava quest'altra! » osservò Roberto. « Ho avuto buon naso, ho fatto bene a prevenirvene. Chi sa quando si sarebbe aggiustato il matrimonio. E intanto ci toccava mantenere la ragazza! »

Mentre scendevano le scale, annientati, Elena si rammentò che al secondo piano ci stava una vedova, la quale passava per ricca, e andava a far la calza ogni sera dalla mamma di Roberto, dove si erano prese di una grande amicizia con donn'Anna. Cesare non seppe che dire, e tornarono a far le scale. La vedova era presente allorché Roberto trafelato era giunto a portar la notizia, ed era fuggita, dimenticando persino la borsa coi gomitoli, a chiudersi in casa, raccomandando alla sua donna di non aprire a nessuno, se venivano, e rispondere che la padrona non era in casa. Pareva che il cuore le parlasse, e come udì il campanello esclamò senz'altro:

« Eccoli! ».

La donna dal buco della serratura rispondeva che la padrona era uscita, e come Cesare, sorpreso dall'incredibile avvenimento, tornava a insistere, supponeva un equivoco, domandava se sarebbe stata molto a tornare, ella suggerì:

« Di' che sono in letto ammalata. Di' che ho la terzana! ».

I due amanti volsero le spalle senza aggiungere altro, e sotto la porta si consultarono sul partito da prendere. Mezzanotte suonava lì vicino. Uno spiraglio di luce penetrava dall'uscio di un panettiere che dava nel cortile, e si udiva l'abburattare del frullone. Un cane chiuso nel magazzino della legna si mise ad abbaiare.

Cesare, senza dir nulla, abbracciò stretta la ragazza. Ella si svincolò dolcemente. Non si vedeva che la sua forma indistinta nell'oscurità, tutta vestita di nero, col velo sul viso. Poi disse: « Usciamo di qua ».

« Dove andremo? »

« Non lo so. »

La strada era deserta e sonora pel primo freddo d'autunno, fiancheggiata a lunghi intervalli da fanali a gas che mettevano una striscia luminosa nelle vie laterali. Nelle facciate oscure delle case si apriva di tratto in tratto qualche finestra illuminata, silenziosa. Da lontano si udiva ancora il rumore delle carrozze nelle vie più frequentate.

Elena taceva; quando passavano sotto un fanale, si vedeva la punta dei suoi stivalini sotto il lembo della veste che teneva raccolta e un po' sollevata da un lato colla mano destra. Cesare con voce esitante le chiese:

« Mi ami sempre? ».

Ella gli strinse il braccio silenziosamente. Due questurini passarono rasente al muro, colle mani nelle tasche del cappotto.

Il giovane scoraggiato, a secco di risorse, balbettò:

« Andiamo a casa mia? ».

« No! » diss'ella risolutamente.

Egli la guardava in silenzio, timidamente, quasi per chiederle se fosse già pentita. Elena, come gli leggesse negli occhi, riprese:

« T'amo sempre! Tornerei a fare quello che ho fatto per essere tua! ».

Egli voleva prenderle la testa fra le mani, con un bacio casto da fratello. Ma Elena lo respinse, mettendogli le mani sul petto, senz'aprir bocca. Solo di tratto in tratto gli si stringeva al braccio, camminandogli allato. Cesare non sapeva dove la conducesse, con una gran confusione nella mente, e il cuore che gli martellava. Elena teneva il mento sul petto. Tutto a un tratto si trovarono in via del Duomo. Cesare chiese infine:

« Dove andiamo! ».

« Da tuo zio don Luigi. »

Il giovane si fermò su due piedi. Elena soggiunse:

« Lo so, tuo zio mi è ostile, ma non mi lascerà in mezzo alla strada. Vedrai ».

Cesare voleva obbiettare che suo zio era severo ed inflessibile, e che egli non andava più a fargli visita dacché aveva ricevuto una certa ramanzina a proposito della sua assiduità in casa dell'Elena.

« Tanto meglio! » ribatté costei. « Vuol dire che sa tutto! Una volta o l'altra bisognava pure far la pace con tuo zio, che è ricco. Vedrai che ti perdonerà. »

Sulla via larga e buia luccicavano una miriade di stelle, nel cielo profondo e freddo. Elena le fece osservare all'amante, posandogli la testa sull'omero, col bel viso bianco rivolto verso il cielo.

Cesare picchiò risolutamente.

Lo zio Luigi non teneva domestici, dicendo che eran nemici salariati, e venne ad aprire in persona tutto rabbuffato, pallido di freddo e di ansietà per quella visita notturna, cercando dieci minuti colla chiave prima di trovare il buco della toppa. Egli rimase attonito davanti al gruppo che gli si presentò appena aperto l'uscio.

Elena gli si buttò ai piedi, piangendo, chiamandolo caro zio.

Lo zio non ebbe bisogno di chiedere altro. Egli andava cercando dove posare il lume, tanto era turbato. Infine si sfogò contro di Cesare, dandogli dello scapestrato, dicendogli che era la rovina della famiglia, che sarebbe stato causa della morte di sua madre, che pensava a maritarsi senza sapere ancora né leggere né scrivere, e senza aver pane da mangiare. « Per conto suo, padrone! Il poco che aveva bastava appena a lui e a sua moglie! » Elena col bel viso in lagrime, gli teneva le mani, scongiurandolo di non lasciarla in mezzo alla strada. Infine lo zio sentì piegarsi le gambe strette fra le braccia di quella bella ragazza, riabbottonò sulla camicia scomposta il vecchio paletò che gli serviva da veste da camera, e finì col borbottare:

« Quanto a voi, restate qui, se volete: giacché avete fatto la frittata. Non posso lasciarvi in mezzo alla strada! Mia moglie vi preparerà un letto alla meglio. Ma avete fatto una rovina! Cosa credete di aver preso? un terno al lotto, o il figlio di Vittorio Emanuele? ».

Cesare non osava levare il capo. « Tu vai a dormire in piazza » gli gridò lo zio. « Va' a riposarti ormai della gloriosa impresa! Hai fatto una bella cosa! »

E come lo spingeva fuori peggio di un cane, Elena sull'uscio prese la mano di Cesare, e gli disse:

« Ora son tua, sta' tranquillo! ».

E per la prima volta lo baciò in fronte.

Cesare si allontanò passo passo, stretto nelle spalle, colle mani in tasca; e per la prima volta ebbe un'idea chiara di quel che aveva fatto, come una fitta al cuore, un misto d'angoscia, di tenerezza e di sgomento.

La sera innanzi, Elena, cogliendo l'istante in cui il babbo si bisticciava colla mamma, e Roberto guardava in silenzio le mani di Camilla, gli aveva piantato in faccia uno sguardo singolare, balbettando:

« Ho paura! ».

Era bianca come cera in quel momento; teneva chino il capo, su cui posavansi mollemente le folte trecce, e in quell'atteggiamento metteva a nudo un collo da statua, una nuca superba, piantata di capelli fini e folti, che si stendevano molto basso, e si arricciavano leggermente. Successe un lungo silenzio. Infine, mentre Roberto e Camilla scambiavano per caso qualche parola con voce discreta, Elena prese la mano di Cesare sotto il tappeto del tavolino, e gli disse:

« La mamma sa tutto! ».

Il giovane allibì. Pure egli l'aveva quasi indovinato alle labbra strette di donn'Anna, ad un che d'imbarazzo che pesava sui frequenti silenzii quella sera, ai monosillabi straordinari di Roberto, il quale tentava di rianimare la conversazione, alle occhiate lunghe che Camilla posava sulla sorella, senza aprir bocca, lasciando cadere mollemente le mani sui ginocchi. La partita finiva in quel momento, clamorosamente, al solito.

Donn'Anna, suo marito e Camilla parlavano tutti insieme. Lo stesso Roberto s'era lasciato andare a prender parte alla discussione animata con dei cenni del capo.

Cesare domandò sottovoce.

« Come faremo? »

« Io non lo so » rispose Elena. « Aiutami tu! »

Era la prima volta che gli dava del tu, siffattamente era turbata. La conversazione cadde ad un tratto.

Don Liborio aveva segnato la partita sul registro apposito, scrupolosamente. Quindi posò il berretto ricamato sulla tavola, accanto alla tabacchiera, tirò una presa, e si appoggiò alla spalliera della seggiola, con un grosso sospiro, per riposarsi. Donn'Anna riponeva le carte e i lupini che servivano a segnare i punti nella solita scatola di cartone.

L'innamorato taceva, guardando Elena, la quale teneva il mento sul seno, su cui luccicava ad intervalli una crocetta di vetro nero fra la trina della scollatura. Ella aveva un vestitino bianco che le andava come un guanto, un po' aperto a cuore sul petto, e colle maniche sino al gomito. Gli occhi di lui passavano allora dalla figliuola alla mamma, la quale se ne stava quella sera colle labbra strette e le ciglia aggrottate, e non gli aveva detto una parola.

Ella sgridava perfino l'Elena che non s'era affrettata a levarle di mano la scatola di cartone per andarla a riporre nello stipo, e le domandava dove avesse la testa quella sera!

Don Liborio caricava l'orologio diligentemente, fermandosi ad ogni giro per non guastar la macchina. Allora Cesare disse sottovoce all'Elena, accanto al pianoforte:

« Volete che mi allontani? ».

Ella gli rivolse uno sguardo lungo lungo, e rispose:

« Potresti farlo? ».

« Se tu vuoi... Se tua madre... »

« No! » rispose Elena.

« No! » ripeté poco dopo, fingendo di cercare fra le carte di musica. « Non potrei più stare senza vederti. »

« Cosa faremo? »

« Quello che tu vuoi » rispose la ragazza semplicemente.

Egli si sentì penetrare e sconvolgere da quelle parole dettegli con un soffio di voce, mentre Elena evitava gli occhi di lui, gli voltava quasi le spalle. Ma la tentazione che quelle parole gli mettevano nel cervello lo spaventava. Elena vedendo che non rispondeva altro, ripeté:

« Quello che vuoi. Tutto quello che vuoi! ».

Cesare si fece rosso. Cercava far intendere che i suoi parenti non avrebbero acconsentito a dargli moglie, finché non ci avesse uno stato, ed anche i parenti di lei avrebbero risposto di no.

« Allora? »

Ei taceva. Elena ripeté: « Allora? ».

Egli non sapeva che dire. Sentiva fisso su di lui quegli occhi penetranti.

« Fuggire?... » balbettò.

Elena si recò le mani al petto, bianca come statua, e non rispose. Egli non fiatava, atterrito dalla parola che gli era sfuggita. Elena lo guardò in faccia un lungo momento, e chinò il capo lentamente.

Il cugino si alzò per aiutare Camilla a riporre in ordine gli aghi ed i gomitoli nel cassettino del telaio. Donn'Anna era scomparsa. In quel mentre Elena china sul pianoforte scriveva due parole sulla fascia di un giornale, e com'ebbe finito disse forte:

« Sentite, se domani non potete venire, mandatemi questa romanza ».

Nella strada, al lume di un lampione, Cesare seppe che romanza gli chiedeva l'Elena.

"Domani sera, alle undici, dopo che sarà partito Roberto. Aspettami nella scala."

Come gli aveva promesso, dopo una mezz'ora che stava aspettando, al buio, comprimendo colle mani il batticuore, la vide arrivare in punta di piedi, col viso così pallido e affilato che sembrava tagliare il velo. Aveva le mani fredde, ma non tremava. Gli disse con voce breve e sorda:

« Andiamo! ».

Egli voleva abbracciarla, ma la giovinetta stornò il viso dai baci che ei non osava darle, e soggiunse collo stesso tono:

« No, non ancora ».

Il primo bacio doveva darglielo lei per la prima, sulla porta dello zio Luigi, dicendogli che ormai era sua.

III

Il padre di Cesare di Altavilla era morto di una perniciosa, acchiappata nel sorvegliare la magra raccolta dell'annata. Nel delirio dell'ultimo momento, guardando ad uno ad uno i visi che gli stavano attorno al letto stralunati, borbottava:

« Quei poveri orfani!... Quei poveri orfani!... come faranno? ».

Cesare era ancora fanciullo. Per fortuna un fratello del padre, canonico, aveva assunto coraggiosamente la tutela della vedova e degli orfani, aveva rimboccata la sottana sugli stivali, e s'era messo in campagna a comporre litigi, a rinnovare ipoteche, a sorvegliare i raccolti. Il primogenito, d'accordo, era stato destinato alla carriera forense, perché la famigliuola, in lotta perennemente col bisogno, aveva sempre avuto paura dell'usciere, e in provincia sembra un mestiere d'oro quella di vender chiacchiere. In casa Dorello c'era l'esempio dello zio don Anselmo, il quale al Seminario aveva appeso a un chiodo di faccia allo scrittoio un berretto da prete, per averlo sempre sotto gli occhi a guisa di un faro, ed era arrivato ad essere canonico. Cesare doveva continuare la tradizione dello zio. Vedendolo delicato e malaticcio da fanciullo, i parenti avevano conchiuso che era un ragazzo di talento, e l'avevano tirato su a rossi d'uova e pannicelli caldi. Egli era stato il chierico della famiglia, il fondamento di tutti i castelli in aria che avevano fabbricato i genitori, quando si mettevano sul terrazzino, al fresco, dopo il sole dei campi, colle mani pendenti fra le ginocchia, tagliando col desiderio delle grosse porzioni pei bisogni della famiglia numerosa in tutto quel ben di Dio che si stendeva dinanzi ai loro occhi, al di là delle ultime case del paesello. Lo zio canonico, ogni volta che sua cognata si metteva a letto coi dolori del parto borbottava, soffiando e passeggiando nella stanza accanto, che in quella casa non c'era prudenza. Egli aveva preso quindi a ben volere Cesare per quel fisico intristito che gli sembrava una garanzia contro i rischi del matrimonio, e gli prometteva che il nipote dovesse riuscire un uomo prudente, come l'intendeva lui.

Il giovanetto aveva ricevuto un'educazione quasi claustrale. Ogni giorno estate o inverno andava a prendere lo zio canonico in chiesa, dopo i vespri, e se pioveva entravano dallo speziale a veder sgocciolare l'acqua lungo i vetri, lo zio colla sottana raccolta fra le gambe, scambiando qualche parola col farmacista o con altri della conversazione che stavano a ragionare colle mani sul pomo del bastone. Quand'era bel tempo facevano insieme quattro passi fuori del paese, lemme lemme, scambiando dei saluti coi conoscenti che s'incontravano, e si conoscevano tutti, oziando cogli occhi sulle gran macchie grigiastre degli oliveti, le quali si velavano già della tristezza del tramonto, ascoltando distrattamente il cicaleccio che facevano le donne alla fontana, e le voci che salivano dalle stradicciuole; discorrevano di quei campi che conoscevano palmo a palmo, s'interessavano alla loro cultura; misuravano a occhio il maggese della giornata che spiccava in bruno sulle stoppie giallastre; osservavano la chiusa preparata per le fave, punteggiata in nero dai mucchietti d'ingrasso; commentavano la vigna spampanata di fresco, irta e spugnosa in mezzo agli altri filari verdeggianti. Poi, giunti al limite solito della loro passeggiata, che era un muricciolo soprastante un orto, lo zio spolverava col fazzoletto due sassi, e si mettevano a sedere, coi gomiti sui ginocchi, riposando gli sguardi sulla bella vallata che si stendeva ai loro piedi, scolorita, sparsa di ciuffetti di verde cupo, accanto ai rari casamenti, chiazzata di toni bruni, e biondicci, e verde pallido, solcata dalla striscia sottile dello stradone che si dileguava in lontananza. Accompagnavano macchinalmente col pensiero i carri che sfilavano come punti neri, e mettevano delle ore a scomparire laggiù per la grande distanza; e alle volte, nel vasto silenzio della pianura sottoposta, credevano di udire il fischio della ferrovia, di là delle colline, come l'eco di un altro mondo. Allora il prete rientrava in sé, e sorrideva discretamente della loro fantasticheria come di una scappatella. Il sole intanto tramontava dietro le montagne nebbiose, e in alto, sulle loro teste, le finestre della chiesa scintillavano in cima al paese come una fantastica illuminazione, e chiamavano a raccolta i loro pensieri.

Poi ritornavano indietro passo passo, colle mani dietro la schiena, accompagnandosi ai contadini che tornavano in paese spingendo innanzi l'asino o la mula carichi, mentre tutte le campane suonavano l'avemaria, nel paesetto aggruppato come un branco di pecore, sotto il cielo smorto. Lo zio canonico tornava dallo speziale dove convenivano immancabilmente il notaio, il vicepretore e qualchedun altro, sempre le medesime persone, a far crocchio, e raccontare i loro affari, o discorrere di quel che nella giornata avevano osservato degli affari altrui sulla faccia dei poderi, nella passeggiata vespertina. Cesare aveva il permesso di stare ad ascoltare anche lui sino ad un'ora di notte. Al primo tocco di campana augurava la buona sera alla compagnia, e andava a casa, dove le sorelle stavano sul terrazzino, al buio, chiacchierando colle vicine dalla strada. Pigliava il lume e saliva nella sua cameretta per mettersi a studiare. Più tardi si sentiva l'acciottolìo delle stoviglie, gli altri rumori delle faccenduole domestiche alle quali attendevano le donne. E ogni sera, alla stess'ora, si vedeva il solito lume alla finestra dei vicini dirimpetto che si mettevano a cenare.

L'influenza di siffatta adolescenza in quel temperamento delicato aveva sviluppata una sensibilità inquieta, una delicatezza di sentimenti affinati dalle abitudini contemplativa, dalla stessa severa disciplina ecclesiastica che li rendeva timidi, raccolti, e meditabondi.

Don Anselmo non aveva guardato a sacrificii perché il nipote fosse avvocato. La rivoluzione del 60 aveva gettato il discredito sulla professione del prete, e lo zio canonico anzitutto era un contadino pieno di buon senso, che prendeva le cose com'erano nel loro tempo e dal lato migliore. Ora il migliore dei mestieri gli sembrava fosse quello dell'uomo di legge, una specie di prete senza sottana che confessa in casa, e si fa pagar caro i casi di coscienza delicati, che va a passeggio spalla a spalla col sindaco e col pretore, al dopo pranzo, scappellato da tutti, salutato col grosso titolo ch'empie la bocca: «avvocato!».

Per siffatto castello in aria la mamma s'era visto partire il figliuolo per l'università di Napoli, a piedi, dietro il carro che gli portava il letto e il tavolino colle gambe in aria, e le sorelle si erano cavati gli occhi a curargli il corredo quasi ei fosse andato a nozze.

A Napoli Cesare era andato ad abitare un quartierino da 35 lire e 75 al mese, insieme a quattro compagni, ciò che ripartiva le rate di fitto in ragione di sette lire e tanti centesimi a testa, e le frazioni davano origine a dispute senza fine, ogni qualvolta si facevano i conti, all'ora del desinare, col pane sotto il braccio, per timore che un compagno ci addentasse distrattamente.

Nella corte della stessa casa, di faccia al quartierino degli studenti, erano le finestre della signorina Elena, e quei diverbi clamorosi facevano correre al terrazzino tutta la famiglia del vicecancelliere, le signorine col sorriso impertinente, il babbo col berretto di velluto in testa, la serva collo strofinaccio in mano; e alle volte perfino la mamma affacciava fra le tende giallastre il viso scialbo e discreto.

La famiglia dirimpetto aveva una grande importanza agli occhi di studenti alloggiati in ragione di sette lire e pochi centesimi a testa, e che si rubavano il pane. Le signorine avevano ricevuta un'educazione quasi fossero destinate a sposare dei principi. Si udivano parlare inglese e francese sul terrazzino, suonavano il piano come non dovessero far altro tutta la vita, e di tanto in tanto mettevano alla finestra per asciugare dei dipinti che sembravano meravigliosi, da lontano. Contuttociò la sorella maggiore aveva già 32 anni, e la signorina Elena, la quale leggeva dei romanzi, quando non suonava il pianoforte, guardava con certi occhi, allorché era per la strada o sul terrazzino, come se aspettasse il personaggio romanzesco che doveva offrirle la mano, il cuore, e una carrozza a quattro cavalli. Ogni volta che le signore uscivano di casa tutte in fronzoli, i giovani studenti, nascosti dietro le invetriate, si mangiavano cogli occhi lo stivalino sdegnoso della signorina Elena che attraversava la corte fangosa in punta di piedi e colle gonnelle in mano.

Cesare, mentre i camerati esprimevano la loro ammirazione un po' volgarmente, da contadini che aspiravano a prendersi la loro parte nella ricca messe della vita, era il solo che si tenesse contegnoso e riserbato, come uno avvezzo dalla educazione ecclesiastica a rispettare le gerarchie. Da ragazzo era sempre vissuto in mezzo a quella miseria decente che stende una tinta grigia su tutti gli atti della vita, e li regola con un calcolo implacabile, che dà un'enorme importanza alla ricchezza per il penoso e continuo contrasto fra l'essere e il parere. Egli sapeva quel che ci vuole a portare il *don* nel paesetto, il cappello a cilindro alla domenica, i guanti per andare a messa le sorelle; quel che costi di scarpe una bella passeggiata, e quel che valga una giornata di studente. Egli lavorava quindi come un mezzadro coscienzioso che non voglia rubare la sua giornata. Le signorine dirimpetto, quando rientravano a casa tardi, vedevano sempre il lume alla finestra di lui, davanti ai libri schierati sul tavolino. Egli non ignorava che bisognava picchiare e picchiare nella testa come colla zappa per farci entrare la laurea. Per tutta distrazione, alla sera, quando i camerati sgattaiolavano fuori alla conquista delle serve del vicinato, egli si metteva alla finestra, pensando alle sorelle che chiacchieravano a quell'ora colle vicine dal terrazzino, e alla mamma che gli aveva messo di nascosto cinque lire in tasca prima di partire.

La corte deserta era silenziosa e malinconica, chiusa da tre lati fra alti muri nerastri, colle finestre quasi tutte murate dall'epoca della tassa sulle aperture, e rimaste cieche dal 1848 per economia di vetri, sulle pareti scalcinate, senz'altro rilievo che quei davanzali scantonati che lasciavano colare tuttora la striscia sudicia degli antichi condotti. Dall'altro lato si rizzava un alto muro di chiesa, tutto bucherellato al pari di una colombaia, con una grande finestra ad arco in cima, che lasciava passare dai vetri cascanti e polverosi, il pallido riflesso delle lampade e un vago odor di cantina. All'imbrunire una campanella fessa suonava l'*angelus*, in cima al muraglione della chiesa, fra i quattro pilastri neri del campanile ritti sul fondo pallido del crepuscolo, e sembrava gettare a fiotti nella corte delle ombre grigie, una solitudine più desolata, un desiderio malinconico del paesetto natale, dell'ora in cui i lumi si accendevano ad uno ad uno nella stradicciuola tortuosa. Ogni sera alla stessa ora la serva di don Liborio accendeva anch'essa il lume, e lo lasciava solo, nell'anticamera vuota dalla quale arrivavano il suono gaio del pianoforte di Elena, o la voce delle ragazze.

Il giorno della laurea, quando si dovette spalancare il portone a due battenti per lasciar penetrare nella corte la carrozza che veniva a pigliare Cesare in giubba e cravatta bianca, fu un grande avvenimento per tutto il vicinato. La notizia correva da un terrazzino all'altro.

Le signorine seppero in tal modo che il giovanotto andava a pigliare la laurea d'avvocato, la parola magica che faceva dire al genitore, col berretto di velluto in capo:

« Oggi quella è la carriera che mena a tutto. Chissà? forse in cotesto giovane c'è la stoffa di un ministro ».

E la mamma donn'Anna che suggeriva all'Elena:

« Adesso, colla cravatta bianca, non c'è male. È vero? ».

La signorina Elena, com'era tornata l'estate, si affacciava spesso, coi romanzi, coi versi, coi quadri dipinti. La sorella si metteva anche lei a lavorare sul terrazzino, al fresco, silenziosamente e cogli occhi fitti sul ricamo. La mamma non compariva mai, e don Liborio, vedendo sempre quel giovanotto tranquillo e studioso alla finestra di faccia lo salutava toccandosi il berretto.

E naturalmente finirono anche per incontrarsi, di sera o di giorno, nell'androne, nell'uscire o nel tornare a casa, e attaccar discorso con un pretesto qualsiasi. Così a poco a poco, un passo dietro l'altro, mentre le ragazze procedevano per la scala a capo chino, i due coniugi dissero al giovanotto che se desiderava fare qualche visita, giacché erano vicini, quando le sue occupazioni d'avvocato gliene avessero lasciato il tempo, sarebbero stati lietissimi di riceverlo, così alla buona, in famiglia. Le ragazze possedevano qualche piccolo talento di società, a don Liborio gli piaceva ragionare con gente istruita, per scambiare delle idee sulla legislazione, la politica, ed altri argomenti serii.

Il giovane andava in casa della signorina Elena a parlare di cose serie, molto serie, guardando di sottecchi la signorina, ed imbrogliandosi allorché costei gli piantava in faccia i suoi occhioni castagni. La sorella Camilla, tacita come un'ombra, non levava il naso dal lavoro. Il babbo, commentando le questioni del giorno, faceva la partita colla moglie, un'abitudine che aveva presa da tanti anni, nel lungo tirocinio che aveva fatto in provincia, dove le sere durano eterne, una specie di omaggio reso alla sua buona e fedele compagna per ricompensarla delle lunghe peregrinazioni, dell'esilio in cui l'aveva costretta a passare quasi tutta la vita. Donn'Anna, quando non stava a bisticciarsi col marito, era sempre in moto, da buona massaia. Assicurava che le sue ragazze, con quelle manine bianche, e le virtù che possedevano, sapevano anche far di tutto in famiglia, ed erano più brave di lei.

Fra gli ospiti abituali della casa c'era un giovanotto maturo, vestito sempre all'ultima moda, il quale, non mancava mai, non parlava mai, non fumava, sedeva sempre accanto a Camilla, sotto il paralume verde, e passava la sera a sceglierle i gomitoli, e a contarle i punti sul canovaccio. Donn'Anna nel presentare Roberto, aveva aggiunto che era impiegato all'Ospizio dei trovatelli, ed era un po' loro parente. Più tardi, allorché il giovane avvocato fu maggiormente nell'intimità della famiglia, venne a sapere che doveva entrare nel parentado sposando la signorina Camilla, appena avesse ottenuto l'avanzamento che aspettava da sett'anni.

A poco a poco era arrivato ad essere come un parente della famiglia anche lui. La mamma gli sorrideva, don Liborio l'accoglieva con un « Oh! » cordiale, la signorina Camilla, senza aprir bocca, metteva una seggiola accanto a quella della sorella, presso il tavolino, e Roberto gli stendeva in silenzio la mano, perennemente inguantata. Ma prima di arrivare a questa intimità egli era passato per una specie di tirocinio, aveva dovuto subire qualcosa come un interrogatorio, o piuttosto un esame. Il padre della signorina Elena era stato vicecancelliere al tempo dei Borboni, e aveva sulla punta delle dita tutte le questioni legali. Peggio pel Governo attuale che aveva messo al riposo un uomo di quella capacità, tanto, s'andava a finire colla repubblica! il vecchio cancelliere borbonico, messo a riposo, era diventato rosso sino al bavero spelato del soprabito, e prestava anche un po' di orecchio alle novità del socialismo.

La mamma, col lungo stare in provincia, quando suo marito era in carica, aveva appreso perfettamente che in certi paesucoli ci sono delle fortune modeste e solide da invidiare sinceramente, quei giorni in cui il calzolaio o il fornaio assediano la casa, e tutta la famiglia esciva a passeggio in gran gala per non udire ad ogni momento il campanello dell'uscio. Ella assumeva il contegno bonario di una donna di casa ormai lontana dalle frivolezze, e si intratteneva col giovane in discorsi serii anch'essa, a modo suo, di quel che rendevano i suoi poderi di Altavilla, del vino che davano le vigne, di quanti erano a berlo, e il giovanotto, commosso della premura affettuosa, raccontava per filo e per segno i fatti di casa sua, faceva il conto delle poche entrate della famiglia, e di quanti erano a tavola; anzi un poco vergognoso del numero, arrivava a sopprimerne qualcuno, diceva che una delle sue sorelle era troppo devota per entrare nel mondo, e voleva darsi a Dio. « La sproporzione delle ricchezze è un'ingiustizia! » sentenziava don Liborio calcandosi il berretto sugli occhi. « Voi non avete che una modesta indipendenza, ma siete giovane e avete una professione che vi può far giungere a tutto. Mi piacete meglio così! » Donn'Anna allora gli sorrideva amorosamente, Camilla cercava cogli occhi la sorella, e poi interrogava collo sguardo Roberto, il quale approvava silenziosamente, con un cenno del capo.

Elena sola si manteneva riservata in tutta quella espansione d'amicizia. Se il giovane sorprendeva i suoi sguardi fissi su di lui, ella abbassava tosto gli occhi. Leggeva delle sere intere a capo chino, colla nuca bianca vellutata da una lanuggine finissima. Suonava delle ore, cogli occhi lucenti piantati sulla carta, appoggiava sulla tastiera le belle braccia nude sino al gomito, guardando qua e là distrattamente, e posava delle lunghe occhiate sul parente Roberto il quale sedeva accanto alla Camilla, col naso sul ricamo, guardandole le mani. Ella non aveva detto al giovane avvocato venti parole, quantunque fossero stati soli e senza alcun sospetto un centinaio di volte, cercando insieme una carta di musica dove non era, trovandosi per caso in anticamera quando egli arrivava, andando insieme a lui all'avanguardia se le dava il braccio. Però il giorno in cui da Altavilla gli scrissero, al tempo della vendemmia, che l'uva infradiciava tutta e non vedevano l'ora di abbracciarlo, appena il giovanotto andò a prender congedo dalla famiglia di Elena, la ragazza gli piantò in viso quegli stessi occhi castagni, che alle volte parevan neri, e chiese:

« Tornerete presto? ».

« A metà di novembre » balbettò lui.

« Tanto tempo! »

Non si dissero altro.

Donna Anna si congratulò perché se avevano bisogno dell'assistenza di lui nella vendemmia, era segno che la raccolta sarebbe stata abbondante.

« Bisogna rendersi utili alla società! » osservò il genitore. « In fin dei conti la prosperità delle famiglie torna a vantaggio della ricchezza generale. »

La signorina Elena non diceva più nulla. Era andata a sedersi nel vano della finestra e guardava fuori nella strada buia, sollevando le tendine, colla fronte appoggiata ai vetri. Allorché il giovane si alzò per andarsene, si levò anch'essa lentamente, e andò a stringergli la mano, come tutti gli altri, e in mezzo al cicaleccio generale chiese:

« Ci scriverete almeno? ».

E non gli lasciava le mani.

Il giovanotto, tornato ad Altavilla, nelle tranquille passeggiate, mentre il tramonto si stendeva come una nebbia nella valle sottoposta, quando i lumi s'accendevano smorti ad uno ad uno sulle facciate vaghe delle case, lungo la stradicciuola tortuosa, pensava all'avemmaria che cadeva mesta dall'alto del campanile nel cortile di Elena, al gran muro tetro, seminato di buchi neri, alla lampada solitaria che si dondolava in mezzo all'anticamera silenziosa.

Per mantenere la promessa egli scrisse al padre di lei una lunga lettera, di cui fece e disfece una dozzina di minute, quasi avesse dovuto sostenere con quella l'esame di laurea, e che il babbo mise sotto la tabacchiera, sebbene ci fosse un periodo affettuosissimo per donn'Anna, e dei saluti assai rispettosi per le ragazze. La signorina Elena, colla sua bella calligrafia inglese, rispose pel babbo, ch'era occupatissimo, e gli cinguettò un po' di tutto, con certo abbandono confidenziale, dandogli conto di quel che era avvenuto dopo la partenza di lui, del come passavano le serate, e che sentivano tutti la sua mancanza e si rammentavano spesso di lui. Qui la lettera si dilungava alquanto. Finiva « se le nostre notizie vi hanno fatto veramente piacere, pensate che quelle che ci darete voi ne faranno altrettanto al babbo, alla mamma, a Camilla, ed anche a chi fa da segretario ».

Egli rispose subito, ma si ostinò a scrivere a don Liborio, stavolta senza minuta, descrivendogli le occupazioni della sua giornata ora per ora, diffondendosi con tenerezza sui ricordi delle belle serate che aveva avuto l'onore e la fortuna di passare in casa di lui. « Ah! che piacere sarebbe stato trovarci insieme alla campagna in questi ultimi giorni d'autunno! Quanti bei quadretti avrebbe fatto la signorina Elena! e come sarebbero stati contenti la signora Camilla e Roberto di chiacchierare sul ballatoio, al chiaro di luna, ascoltando le storielle ingenue e le canzoni delle vendemmiatrici, sdraiate alla rinfusa nella corte!... »

Tornò a rispondere la figliuola pel babbo sempre occupato, e si lasciò andare anch'essa sulla china delle memorie.

« Vi rammentate di quella bella sera che passammo insieme alla Villa? quasi nascosti dietro un gruppo d'alberi, attraverso i quali si vedeva sfilare la folla elegante, alla luce del gas? e i lieti suoni della musica che venivano a mischiarsi allo stormir delle frondi? Così mi par di vedervi nel quadretto che mi fate della vostra casina. » Ella firmava: « La vostra amica affezionatissima Elena ». Poi « la vostra affezionatissima Elena ». — Infine « La vostra Elena » senz'altro.

Sicché a vendemmia finita, allorché il giovanotto tornò in città a far la pratica d'avvocato, Elena appena lo rivide si fece di bracia in viso, e gli diede il bentornato con tal voce tremante che il giovane si chiuse quella voce in cuore per non dimenticarla mai più.

Entrambi si trovavano imbarazzati. Una volta che si sorpresero guardandosi a lungo negli occhi, arrossirono. Il rossore passava come una fiamma luminosa attraverso il pallore trasparente di Elena. Ella quasi inconsciamente gli accennò la mamma con uno sguardo rapidissimo che pel giovane fu tutta una rivelazione. Sino a quel momento egli non le aveva detto una parola che quell'angelo custode della Camilla non avesse potuto ascoltare senza levare gli occhi dal ricamo, seduta fra la sorella e il cugino. Le prime che le rivolse timidamente, una sera che don Liborio tardava a venire oltre l'avemaria, e donn'Anna era andata ad aspettarlo sul balcone, furono queste:

« Vostra madre è in collera con me! ».

Elena scosse il capo negativamente, ma rimase a testa bassa, colla fronte sulla mano. « Perdonatemi Elena » aggiunse egli dopo un lungo silenzio.

Allora per la prima volta la giovinetta gli prese la mano di nascosto, timidamente, e gliela strinse forte, senza guardarlo.

Da quel momento per lui cominciò un'altra vita, tutta di sogni, in cui le esigenze della realtà sembravano svegliarlo di soprassalto con altrettante strappate al cuore. Egli s'indebitò coi colleghi, cogli amici, col sarto, colla camiciaia, per essere ben vestito e portar sempre dei guanti come Roberto. Ogni volta che scriveva alla sua famiglia gli toccava mentire, inventare de' pretesti per farsi mandare del denaro che era divorato prima ancora che arrivasse. Nella tranquilla mediocrità in cui era vissuto sino allora non aveva mai provato quelle angoscie acute in mezzo all'indifferenza esigente d'una grande città. Molte volte, nelle tetre ore di scoraggiamento, solo nella sua cameretta, coi gomiti sul tavolino e la testa fra le mani, pensava come un rifugio alla vasta campagna serena che si svolgeva di là della sua finestra di Altavilla, a quella pace inalterabile del paesello in cui i ferri di una cavalcatura e gli stivali dei contadini che risuonavano a rari intervalli sul selciato delle stradaccie, avevano qualcosa di noto e di amico. E gli venivano le lagrime agli occhi nel contemplare le fotografie de' suoi parenti, messe in fila lungo il muro, neri e stecchiti nei loro abiti da festa, accanto al ritratto di Elena. Ormai quando arrivava in casa di don Liborio tutto gli pareva mutato come si sentiva mutato internamente. Donn'Anna sembrava covasse l'Elena cogli occhi, posava sulla figliuola, certi sguardi lunghi e desolati quasi tutte le sue viscere materne vi si stemperassero. Camilla, impassibile, quando tutti tacevano da un pezzo senza saper perché, diceva qualche parola sottovoce al cugino, come in chiesa, colla sua voce calma che sembrava misteriosa in quel silenzio imbarazzante. Don Liborio stesso non era più quello, trinciava delle sentenze radicali sulle questioni politiche, aveva degli occhiacci torvi sulla faccia incorniciata dalla onesta barba bianca, si calcava sugli occhi il berretto ricamato, e fra una partita e l'altra tirava su delle prese di tabacco rumorose come razzi. Elena, colla testolina china sul libro o sul lavoro, in atteggiamento da vittima, figgeva in viso a Cesare delle occhiate lente e malinconiche, ogni volta che alzava il capo, e il seno le si gonfiava e faceva alitare la blonda come cosa viva. Il pianoforte, lungo disteso, taceva anch'esso da settimane e settimane, talché la cosa più allegra di quel salotto, in mezzo al fruscìo delle carte da giuoco, e lo scricchiolìo secco dei ferri di Camilla, era Roberto, seduto accanto a lei, a guardarle le mani che facevano andare la spoletta, inamidato e taciturno.

Quell'aria di musoneria si estendeva come un contagio. Persino la briscola languiva, e don Liborio mischiava le carte svogliatamente. Donn'Anna una volta arrivò a troncare la partita prima del solito per chiedere al giovane quando pensava ad aprir studio d'avvocato, se nella sua famiglia c'era qualche progetto riguardo al suo avvenire, se le sue sorelle pensavano di accasarsi prima di lui, ecc. ecc. Don Liborio, coi gomiti sul tavolino, e il berretto fra le mani, ascoltava taciturno. Infine, sentenziò che il primo dovere di ogni galantuomo era di crearsi una famiglia, e un avvocato per *posarsi* agli occhi del pubblico, ha bisogno indispensabile di prender moglie. Roberto, il quale aspettava da sett'anni l'avanzamento nell'ospizio dei trovatelli per ammogliarsi anche lui, approvava col capo, seduto accanto alla sorella maggiore.

« Per una madre di famiglia » conchiudeva donn'Anna « è un gran pensiero quello di dar stato ai figliuoli. Lo so io cos'è aver in casa delle figliuole da marito. E bisogna star sempre cogli occhi aperti. Non parlo per voi, Cesare, che siete un galantuomo. Ma è un pericolo serio, Dio liberi! »

E don Liborio andando su e giù per la stanza colla tabacchiera in pugno, aggiungeva:

« La nostra legislazione è incompleta, perché non punisce sufficientemente i tradimenti domestici. Chi abusa della fiducia e dell'ospitalità di una famiglia onesta dovrebbe essere condannato ai ferri! ».

Oppure:

« Vorrei vedere, adesso che hanno messa questa moda dei giurati, cosa mi direbbero se mi facessi giustizia colle mie mani, in un caso simile? ».

Fu allora che Elena, nel momento che il babbo aveva ripreso a giuocare e a bisticciarsi colla mamma, aveva piantato in faccia a Cesare gli occhi penetranti, e gli aveva detto con quella voce tutta sua:

« Ho paura! ».

IV

Lo zio Luigi telegrafò ad Altavilla che il nipote aveva fatta la frittata. Il telegramma arrivò in casa Dorello mentre la famigliuola stava per mettersi a tavola. Don Anselmo impallidì leggendolo, e lo porse senza dir parola alla cognata, la quale lasciò cadere il cucchiaio nel piatto. Gli altri rimasero allibiti, coi gomiti sulla tovaglia, davanti alla finestra tutta verde del noce dell'orto.

Nessuno osava fiatare; le ragazze, spaventate, si guardavano in faccia quasi fossero state colte in fallo. Dopo qualche momento donna Barbara tornò a prendere in silenzio il tondo del cognato per riempirlo, ma questi disse con un gesto calmo, levando la mano collo smeraldo al dito.

« No, non ho più fame. »

Si passò il tovagliuolo sulla bocca, quasi a tergerne l'amaro, lo ripiegò, lo posò sulla sponda, e salì in camera sua a frugare nelle carte che erano sullo scrittoio. La cognata, rimasta colle figliuole, si cacciò le mani nei capelli, senza dir nulla.

Le ragazze sparecchiarono in silenzio, e andarono a rincantucciarsi nelle loro stanzette. Lo zio canonico non uscì nel dopo pranzo. Verso sera la cognata andò a picchiare timidamente all'uscio di lui.

« Sto mettendo in ordine le sue carte » disse il canonico leggendo negli occhi sgomenti della povera madre. « Ci vorrà un po' di tempo, perché non mi sarei aspettato di dovergli rendere questi conti così presto. »

La poveretta si lasciò cadere su di una sedia vicino all'uscio, annientata, colle braccia in croce sulle ginocchia, seguendo macchinalmente cogli occhi lagrimosi ogni gesto del cognato, il quale sembrava tranquillo. Infine, vieppiù spaventata da quella calma, balbettò:

« Siamo rovinati! ».

« Voi altri no. Per voi altri finché vivrò ci penserò io, se volete continuare a star con me » rispose il canonico.

Ma lei piangeva in silenzio colle mani sul viso. Poi balbettò:

« E lui?... ».

« Ecco qui » rispose il cognato. « Egli ha settemila lire di sua rata sul patrimonio paterno. Se si contenta di pigliare le vigne di Rosamarina, quantunque valgano qualcosa di più, e quel che gli tocca della casa paterna, faremo le cose all'amichevole, a risparmio di spese, e sarà meglio per tutti. »

« Settemila lire!... Son poche per vivere! »

Allora il prete si strinse nelle spalle, e fu il solo movimento brusco che gli scappò.

« Qualcosa di dote gli porterà la moglie. Poi ha un'eccellente professione, e dovete pensare che gli altri vostri figliuoli non hanno neppure quella, e non vi sono costati tanto! Egli ci ha rovinati tutti! »

La madre a tutte quelle ragioni rispondeva piangendo. Infine, calmata tutta a un tratto, quasi lo Spirito Santo l'avesse illuminata, colle membra ancora scosse dai singhiozzi, e la faccia bagnata di lagrime, disse:

« Andrò io stessa alla città, da mio figlio. Gli parlerò, gli toccherò il cuore. Egli ha avuto sempre il cuore buono per la sua mamma! ».

Il cognato la guardò in viso, come fosse colpito anche lui da quell'ispirazione. Poi tornò a leggere il telegramma, e scosse il capo, per dire che era inutile.

« Fate come volete » conchiuse porgendole il dispaccio.

La povera madre si mise in viaggio il domani all'alba, con un fardelletto che Rosalia si affaccendò a metterle insieme tutta sgomenta quasiché partisse per l'America, nella carrozzaccia sconquassata che portava la posta alla stazione.

Il cognato l'accompagnò sino al ballatoio.

« Se si ravvede, se vuol tornare qui, la casa è sempre aperta, diteglielo, per lui, ma per lui soltanto! »

Il giovane, non osando farsi più vedere dai genitori di Elena, era andato a stare all'albergo. I suoi camerati in massa gli avevano prestato cento lire, col viso serio, come gli fosse accaduta una sventura, e il più anziano, uno studente di medicina, alla prima barzelletta che avevano arrischiato i compagni sull'avventura di lui, sentenziò che sarebbe stato meno male se si fosse rotta una gamba. A Cesare per disgrazia erano rimaste le gambe sane e vagabondava tutto il giorno, come un delinquente, finché tornava a buttarsi rifinito sul letto, cogli occhi stralunati, e il viso sfatto. Così rientrando a casa trovò nella sua cameretta la mamma, seduta vicino all'uscio, pallida e stanca anche lei, col suo fardelletto posato accanto sul tavolino.

Ei sentì darsi un tuffo nel sangue e rimase immobile dinanzi a lei, avvilito, colle braccia penzoloni, gli occhi impietriti, il mento cascante.

Sua madre s'era preparata tutto il discorso lungo la strada, colle risposte di lui, figurandosi al vivo gli atti, le inflessioni di voce, i menomi gesti, il pentimento del figliuolo il quale si sarebbe buttato piangendo fra le sue braccia, e sarebbe tornato al paese con lei. Con quelle immagini nella mente andava fissando lagrimosa i campi che fiancheggiavano la strada, gli alberi che sfilavano, quasi per stamparseli in mente, per gustare la gioia del contrasto nel momento in cui avrebbe rifatta quella strada col suo figliuolo. Il sole sorgeva glorioso come una promessa fra le gole dei monti, e la poveretta diceva al sole colle mani giunte, fervidamente: « Vergine santa! vi ringrazio! Vi ringrazio, Dio mio! ». Ma adesso al cospetto del figliuolo atterrato, a guisa di un reo, lei rincantucciata accanto all'uscio come un'estranea, non sapeva che dire, non si rammentava una sola di quelle parole che dovevano toccargli il cuore. Scoraggiata, cominciò a far greppo in silenzio, al pari di una bimba, sporgendo il labbro, e tremando tutta pei singhiozzi rattenuti. Quell'angoscia puerile diveniva straziante su quella faccia sbattuta, sotto quei capelli bianchi.

« Oh mamma! oh mamma! » singhiozzava il figliuolo cadendole finalmente ai piedi, colla faccia sui ginocchi di lei. « Oh mamma! » E non sapeva dir altro.

La povera mamma piangeva cheta cheta, china su di lui, tastando colle mani sulla faccia e sulle spalle; gli accarezzava il capo come quando bambino se lo teneva allo stesso modo fra le ginocchia, singhiozzando ad alta voce dalla gioia. Andava persuadendolo così: « Sai, l'annata è stata scarsa. Il grano è andato tutto a male. Sulla vigna ha grandinato. Quest'inverno c'è stata una gran mortalità di pecore, sì che i Forano hanno venduta la casa. Ci vuole l'aiuto di Dio! ». Tutte quelle povere ragioni dei poveretti, che sono eloquenti soltanto per loro, e colle quali le pareva che tutto fosse accomodato. Talché, sperando che Cesare fosse già partito, le sembrava di scorgere il sole radioso del mattino in quella cameruccia sconosciuta che le aveva stretto il cuore d'angoscia al primo entrare.

Come furono più calmi andò a sedersi sulle ginocchia del figliuolo, e se lo teneva abbracciato stretto, colla testa sull'omero, ripetendo in cuor suo:

"Vergine santa, vi ringrazio! Sono state le anime del Purgatorio che gli hanno toccato il cuore al figlio mio! È stata l'anima di suo padre!".

E si dava a rassettare ogni cosa per la stanza, quasi ora si sentisse a casa sua, sollevata da un gran peso, colle mani tremanti tuttavia, disfaceva il suo fagottino, guardando dove potesse mettere la roba: « Mi terrai qui, con te, non è vero? Poi domani torneremo insieme al paese. Tuo zio ti manda a dire che t'aspetta a braccia aperte. Andremo domani. Ora mi sento stanca, sono vecchia. Mi sento vecchia ».

« No, mamma » balbettò il figliuolo. « Non posso tornare a casa!... »

Fu come se ricordasse, e rimase colle sue robe sulle braccia, che non sapeva dove metterle. Poi le posò un'altra volta sul canterano, giunse le mani scarne, forte forte: « E cosa hai fatto che non puoi tornare a casa? Cosa hai fatto, figlio mio?... ».

Egli non rispose, scuotendo il capo, cogli occhi colmi di lagrime, seduto tristamente sulla sponda del lettuccio, stringendo fra le mani il fazzoletto fradicio.

« Io son vecchia. Per me fa pure quello che vuoi. Ma pensa che le tue povere sorelle rimarrebbero in mezzo a una strada se tuo zio ci abbandonasse anche lui. »

« Ah! mamma! » rispondeva il giovane scuotendo il

capo e col fazzoletto fra le mani. « Se sapeste! se sapeste! »

« Sì, sì, lo so, figlio mio! povero figlio mio! Lo so quel che devi averci in cuore! Ma cosa puoi farci se siamo poveri! Tu non sai... tu non sai nulla!... Alle volte, quando aspettavi la mesata, tuo zio non dormiva la notte. A Natale, che massaro Nunzio non aveva mandati i denari del vino, e il camparo era tornato colle mani vuote dalla fiera, che giornata! Per noi non importava, perché le tue povere sorelle sono avvezze a tutto, e con quattro legumi... Ma il martello era per te... "Colui non sa come fare, in paese forestiero!" diceva tuo zio. Allora ho pianto tanto, seduta in un cantuccio della camera, ché pensavo "Lui, non sa come fare in paese forestiero!" e mi pareva di vederti andare affamato per le vie della città che non conoscevo, di là dei monti, a quell'ora che solevi tornare a casa, quand'eri al paese, e le tue sorelle ti conoscevano al rumore dei passi, e dicevano: "Questo è lui che torna a casa". Vedi, le tue sorelle non sono belle come tante altre, no, non sono belle come tante altre, ma ti vogliono bene di più... e parlano sempre di te, la sera, mentre facevano la calza nel tinello, sotto il quadro grande, e dacché sei partito ti rammenti? che eravamo tutti sul ballatoio, finché ti si poté vedere, non hanno mancato un giorno di rifarti il tuo letto, come se avessi dovuto tornare, la sera, e la tua stanza è rimasta tal quale l'hai lasciata, e nessuno se ne è mai servito, nemmeno quando si raccolsero tante di quelle carrubbe, ma tante, che non si sapeva dove metterle, e ce n'erano persino due cestoni sotto il letto di tuo zio. Tuo zio ha detto: "Mettetene una manciata nel forno, che gli piacciono tanto a lui, quando tornerà". »

« No, mamma! » ripeteva il figliuolo. « Io non posso più tornare a casa... »

« Ma cosa hai fatto, che non puoi tornare a casa? Dillo a tua madre! Cosa hai fatto? »

« Ho fatto... che ella è fuggita da casa sua per amor mio. È fuggita con me. Ha abbandonato i suoi parenti, e non ha più nessuno, mamma! »

A quella risposta la poveretta non seppe più che dire. Non pensava più all'abbandono del figliuolo e allo sgomento di ricomparir con quella notizia alla presenza del cognato. Aveva dinanzi agli occhi le sue ragazze che fuggivano coll'amante come quell'altra, il sottosopra della casa al primo momento che si scopriva la terribile disgrazia. Allora si mise a raccogliere lentamente le sue cose, accasciata, senz'altra speranza. In quel momento le cadde sotto gli occhi il ritratto di Elena, inchiodato a capo del letto, nella sua bella cornice dorata, colle labbra e le sopracciglia possenti sul volto color d'ambra.

La poveretta rimase un istante immobile lì accanto, col suo fagottino in mano, umiliata dalle sue vesti meschine e dalla sua figura timida e magra, colle povere dita ossute intrecciate nel nodo del fardelletto. Oramai sentiva che tutto era finito, e che sarebbe stato inutile lottare coll'incantesimo di quella bellezza che le aveva tolto il cuore del figliuolo. Soltanto soffriva uno schianto doloroso, e una desolata pietà pel suo ragazzo che doveva penar tanto nel vederla partire. Ella non pensava ad altro. Gli diceva: « Senti, io devo andarmene perché il treno sta per partire. È meglio tornar presto al paese giacché le tue sorelle son rimaste sole, e tuo zio si adirerà maggiormente se gli facciamo aspettare la risposta. Sarà tanto di risparmiato nella spesa del viaggio ».

Ora lui sconvolto andava su e giù per la stanza, come cercasse qualche cosa, collo sguardo fisso e vitreo.

Sua madre sulla soglia, gli disse:

« Io pregherò Dio perché tocchi almeno il cuore di tuo zio. Le anime sante mi aiuteranno, Cesare! ».

Ei si era messo il cappello in capo, macchinalmente, e voleva levarle di mano il fardelletto, senza sapere che facesse. « Ora abbracciami! » gli disse la madre « ché se tuo zio non vuol perdonarti, forse non ti vedrò mai più. Son vecchia, e potrei morire. »

« Mamma! » disse lui. « Vorrei esser morto! »

La madre, mentre se lo teneva fra le braccia, trasalendo in tutte le membra, rispose:

« Cosa vuoi che io faccia? Le tue sorelle non hanno altro sostegno se non tuo zio. Che vuoi che io faccia? ».

E andava ripetendo le stesse parole, mentre scendeva adagio adagio la scala, tenendosi alla ringhiera. Ad un tratto egli parve che si ricordasse di qualche cosa, corse in camera sua di nuovo, e tornò coi pocni denari che gli rimanevano in mano.

« Tenete, vi serviranno pel viaggio. Non ho altro, mamma! »

« Ecco cos'è! » osservò la mamma. « Se fossimo ricchi né tu né io avremmo questa croce in cuore adesso! »

« Aspettate, aspettate, ché voglio accompagnarvi alla stazione. »

Al momento di montare in carrozza, mentre la povera forestiera guardava attonita e sgomenta il via vai della folla, e teneva stretta di nascosto sotto lo scialle la mano del figliuolo, ché così si sentiva stretto il cuore dall'angoscia e le pareva che glielo strappassero colle unghie, egli ripeté ancora:

« Aspettate, che voglio accompagnarvi per un altro po' ».

Non gli bastava il cuore di staccarsi da lei. Ella lo sentiva, tenendogli sempre stretta la mano sotto lo scialle, seduta accanto a lui nel carrozzone, guardando la pianura grigia di stoppie che fuggiva dietro a loro. Infine dovette lasciarlo, per montare nella carrozzella sconquassata che aspettava i viaggiatori del paesetto, coi ronzini dormenti all'ombra magra delle robinie. E l'era parso che egli le avrebbe detto ancora: « Aspettate, che voglio accompagnarvi sino al paese... » stringendogli sempre la mano di nascosto sotto lo scialle.

Egli affacciato allo sportello, premendosi il fazzoletto sulla bocca, seguiva cogli occhi il mantice polveroso del legnetto che ondeggiava e traballava allontanandosi per la straduccia bianca. Quando non vide più nulla, si rincantucciò in un angolo, buio come l'animo suo, nella notte, che avviluppava diggià ogni cosa, piangendo come un ragazzo. Ma allorquando i lumi della città cominciarono a risplendere nell'orizzonte, anch'egli si rischiarò, ripreso dall'immagine di Elena, e rifletteva che sua madre andava calmandosi essa pure, pensando alla famigliuola che l'aspettava al villaggio. Così la fiumana della vita li ripigliava e li allontanava sempre più.

La madre arrivò a casa di notte, affranta. Le ragazze dormivano, suo cognato solo vegliava aspettandola, come avesse indovinato che doveva tornar subito. Egli non disse una parola, mentre la cognata posava il fardelletto, e le sporse una sedia. Ma a lei quel silenzio le serrava maggiormente la gola. Allora il canonico, vedendola presa da un tremito nervoso in tutte le membra, andò ad empirle un bicchiere d'acqua.

« Pensate che se vi ammalate sarà anche peggio per le vostre figliuole » le disse egli con voce calma. « Alla fin fine non è morto nessuno. »

La poveretta si fece animo, e raccontò finalmente tutto quello che sapeva, fissando timidamente in volto il cognato, per seguir ansiosamente l'effetto delle sue parole. Il prete rimase impassibile. Alla fine disse:

« Ora bisogna maritarli ».

E siccome sua cognata lo guardava attonita:

« Se no sarebbe uno scandalo. Nel paese, a diritto o a torto, passo pel capo di casa, e il vescovo mi toglierebbe la messa. Del resto non potete impedire che vostro figlio si mariti. Se gli negate il consenso, glielo danno i tribunali ».

« Io non glielo nego » balbettò ella timidamente, agitata fra la speranza e il timore, parendole che il cognato inclinasse di già a perdonare.

Il cognato approvò col capo in silenzio.

Allora la povera madre proruppe in lagrime di consolazione. « Lo sapevo che le anime del Purgatorio non ci avrebbero abbandonato! » singhiozzava; e voleva correre a svegliare le figliuole per dar loro la buona novella che lo zio canonico perdonava al nipote e gli apriva le braccia.

Ma il prete la fermò dolcemente, posandole sulla spalla la mano coll'anello, e disse:

« Adagio! Quanto a perdonare, perdono; ché devo andare a celebrar messa domani, ma altro non voglio né devo fare. Quel poco che posso per la famiglia di mio fratello lo dò volentieri. Ma non ho le prebenda di un vescovo, e non posso tirarmi sulle braccia anche la famiglia dei figli di mio fratello. Ognuno a casa sua. Se voi altri volete andare a stare con vostro figlio, padronissimi. Ma in casa mia no! pensateci bene ».

Il giorno appresso dopo pranzo, lo zio canonico, invece di fare la solita passeggiata fuori del paese, andò a trovare il notaio suo amico, e scrissero insieme a don Liborio una bella lettera.

In casa dell'Elena, passato il primo sfuriare della burrasca, s'erano un po' calmati. Soltanto don Liborio, invece di fare la solita partita continuava a girare i pollici sulla tabacchiera, seduto di faccia al ritratto di Elena che gli voltava sempre la schiena. Roberto, come un'ombra, arrivava all'ora solita, stringeva la mano in giro a tutti, e andava a mettersi al suo posto, colla sua regolarità d'impiegato.

Al giunger della lettera dello zio canonico che prometteva il consenso della madre del giovane, e voleva sapere quel che avrebbero assegnato in dote all'Elena, donn'Anna saltò su tutte le furie, ricordandosi dell'offesa mortale che avevano fatto alla sua casa, e cominciò a strillare che la gallina si piuma dopo morta, e invece loro erano ancora in vita, lei e suo marito, e non intendevano spogliarsi a beneficio di un'ingrata che li aveva piantati a quel modo. Del resto poi, avevano un'altra figlia da maritare, e quella siccome era buona ed amorevole, meritava più dell'Elena. Lui, se aveva fatto quella prodezza, voleva dire che si sentiva di mantenere la moglie, senza bisogno della dote. La sua figliuola portava con sé non una ma cento doti, con tutte quelle virtù che possedeva, e come l'avevano insegnata lei. Il signor avvocato poteva ringraziare Dio e i Santi per la fortuna che aveva acciuffata, e non andare a cercar altro.

Don Liborio, rigido come un Bruto, calcandosi sul capo il berretto ricamato, aggiungeva:

« Io non ho dote da assegnare! Io non ho più figlia! ».

Quanto al consenso lo diedero con tutte e due le mani. Alla fin fine avevano viscere paterne, e la mamma arrivò anche ad intenerirsi ricordando che a quel giovane gli aveva voluto bene, ed era arrivata a considerarlo come uno della famiglia. Don Liborio, rabbonito, confessò che gli era stato simpatico anche a lui, e per questo gli avevano aperto il cuore e l'uscio di casa, favore che non soleva accordare a tutti, Roberto era lì per farne testimonianza. Roberto, lì presente, accanto alla Camilla, affermava col capo.

« Un avvocato può arrivare a tutto, al giorno d'oggi! » finiva don Liborio. « In quel giovane c'è la stoffa di un ministro. »

E donn'Anna soggiungeva:

« Lo zio canonico poi, ch'è un servo di Dio, non dovrebbe badare tanto al sottile, per levare due anime dal peccato ».

Ella rilasciò generosamente alla figliuola tutti gli abiti e il corredo che possedeva da ragazza. Il giovane aveva la sua rata di patrimonio paterno, pel valore di settemila lire, rappresentato dal fondo rustico di Rosamarina, e la rata della casa. Siccome il tempo stringeva e mancavano i denari di metter su un quartierino, i due sposi decisero d'andare a passare l'autunno nella loro proprietà.

Essi arrivarono in una piovosa giornata di ottobre, preceduti da un carro carico dei bauli, casse e cassettini di Elena. Il primo giorno alla Rosamarina fu malinconico, in quelle stanzuccie nude, dove si ammonticchiavano quei cassoni come in un magazzino di ferrovia, al cadere di quella giornata scialba, colla prospettiva del paesetto perduto nella nebbia, grigiastro e scolorito nel cielo scuro. Il giovane avrebbe voluto correre subito ad Altavilla per abbracciare sua madre. Ma il canonico gli fece sapere che ella stava poco bene, e l'avrebbe vista in chiesa, quando poteva cominciare ad uscire di casa.

Nel paese dicevano: « Come principia allegramente questo matrimonio d'amore! ».

V

Era di ottobre. Tutte le famiglie di Altavilla erano in villeggiatura per sorvegliare la vendemmia. Alla Rosamarina l'arrivo degli sposi fu un avvenimento. Elena colle sue toelette nuove, coi suoi ombrellini vistosi, metteva i gai colori cittadini nel verde pallido delle vigne, sulle roccie pittoresche, già brulle, in mezzo alle tinte melanconiche dell'estate che si dileguava. Ella era realmente felice, nel pieno sviluppo della sua natura esuberante, avida di sensazioni piacevoli, sedotta dallo spettacolo nuovo della campagna, accarezzata dalla adorazione concentrata e quasi timida del marito, lusingata dal rispetto semibarbaro con cui i contadini accoglievano la nuova padrona, da quell'ammirazione attonita che leggeva sui loro volti quando si allineavano lungo il muro per lasciarla passare, ogni volta che la incontravano mentre andava pei *suoi* viali, nella *sua* vigna, nel *suo* podere, coll'ombrellino sulla spalla, al braccio di *suo* marito, il padrone, che le si inginocchiava ai piedi, dietro la siepe, e le baciava gli stivalini di pelle dorata. All'alba correva nei campi velati dalla nebbia del mattino, in mezzo alle lodole che si levavano trillando verso il cielo color di madreperla, ancora spettinata, senza guanti, tenendo a due mani il lembo del vestito, respirando a pieni polmoni l'aria frizzante e imbalsamata di nepitella e di ramerino. Godeva in sentire la frescura della rugiada sotto i piedi. Le piaceva sdraiarsi sull'erba sempre verde, in mezzo al folto delle macchie, nelle ore calde del meriggio, supina, colle braccia in croce sotto l'occipite, e bersi cogli occhi, colle labbra turgide, colle narici palpitanti, con tutta la persona avida e abbandonata, l'azzurro intenso del cielo, quei profumi acuti, quel ronzìo e quel crepitìo sommesso di tanti organismi, quella quiete solenne in cui si sentiva l'espandersi di una vita universale, quel canto dei vendemmiatori che non si vedevano, tutti quei rumori e tutte quelle voci che venivano a morire sull'alta muraglia brulla della Rocca, senza un'ombra, senza un filo d'erba, arsa dal sole, in fondo al verde cupo e profondo dei nocciuoli, ritta contro il cielo turchino. Quel paesaggio per la maggior parte infruttifero era di un pittoresco stupendo, si svolgeva a destra e a sinistra con bruschi cambiamenti di prospettiva, con ricca varietà di toni e di colori, coi greppi brulli e giganteschi, le macchie sterminate, i valloni profondi, a guisa di un parco immenso, con una grandiosità di linee che Elena sola sapeva apprezzare. Però i villani facevano spallucce al suo entusiasmo per quella rocca di granito che non fruttava niente, e di cui ella andava superba come di possedere un feudo. Invece il loro entusiasmo lo riserbavano per le terre del Barone, piatte, senza una pennellata di colori ricchi, vere terre da maggese, che nell'estate si screpolavano come un vulcano estinto. Elena era forse la sola che fosse orgogliosa di possedere quel paesaggio. Il sentimento della proprietà nasceva e si sviluppava in lei con alcunché d'artistico e di raffinato. Quando il sole tramontava nella sua vigna, aveva là, e non altrove, quegli ultimi effetti di luce calda e dorata sulle foglie ingiallite, sul verde cupo dei roveti che imboscavano il vallone, sulla grigia montagna di granito tinta di roseo e di violetto pallido. L'ombra si allargava dalla Rocca, dal folto dei nocciuoli, come un velo di tristezza, e il sole invece saliva lentamente sulla facciata bianca della casina, accendeva i vetri delle finestre, sembrava far sbocciare in quel punto i fiori campestri in cima alla siepe coronata da un pulviscolo dorato. In fondo, nella valle, le terre del Barone si stendevano diggià scure, annegate nella nebbia, solcate dalla lunga fila d'aratri che preparavano il maggese tutto l'anno. E Cesare, il marito, colla testa sui ginocchi di Elena diceva:

« Vorrei essere ricco come il Barone per renderti felice ».

Quel paesaggio, quelle nuove sensazioni avevano una grande influenza sulla natura di Elena, impressionabile e appassionata. In quell'ora di effusione, nel gran silenzio della sera, nell'isolamento completo della campagna profumata, il marito le si abbandonava completamente, le apriva intero il suo cuore, coi pudori, colle timidezze, colle espansioni, colle angoscie e rimorsi del suo affetto fervente e vergine. Guardando le stelle che sorgevano al disopra della Rocca, col capo fra i ginocchi di Elena, le narrava le pene che aveva sofferto pel suo amore, il rimorso che ella gli era costato, quando aveva visto partire la sua povera madre desolata. Ora anch'egli non aveva altri al mondo, perciò alle volte sentiva il bisogno di immergere il suo volto nel seno di lei, di chiudere gli occhi, di non pensare più a nulla.

Con lei dimenticava le inquiete proccupazioni dell'avvenire e le molestie pungenti e meschine del presente che lo costringevano a farsi prestar denaro dal notaio. Ella non sapeva nulla di tutto ciò. Lo credeva felice come lei era felice, avrebbe voluto correre pei campi insieme a lui, come due fanciulli, abbandonarsi completamente ai suoi capricci. La sera stavano a prendere il fresco sulla terrazza, di faccia alla roccia, che tagliava come una gran tenda nera il cielo tutto luccicante di stelle. Di là si udivano discorrere i vendemmiatori nel palmento, e dall'altra parte della vallata, nella viottola che correva sulla cornice della Rocca, si udiva il corno che annunziava l'arrivo degli altri carichi d'uva. Elena, coi gomiti sulla ringhiera, al fianco del marito, ascoltava distrattamente quell'affaccendarsi di gente a tarda ora, quei suoni di corno lontani, vagava cogli occhi sull'aspetto indeciso del podere, di cui i confini sembravano allargarsi indefinitamente nelle tenebre, sino al lumicino lontano che tremolava in fondo la valle, nel vasto caseggiato del Barone. Si sentiva ricca e felice. Allora, stranamente commossa, si stringeva contro il marito, in mezzo al discorrere sommesso di tutta quella gente che viveva per loro, e gli appoggiava la testa sulla spalla, con un abbandono pieno e riconoscente di tutto il suo essere.

Lui, nel sogno febbrile della sua luna di miele, aveva dei risvegli bruschi e penosi, dei sussulti inquieti, delle vaghe angoscie. Ogni cantuccio di quella villetta rustica aveva delle memorie care ed intime, che si ridestavano come un rimorso. Quand'era solo al balcone, verso l'avemaria, e il paesello di faccia andava abbuiandosi, e spandeva nel cielo pallido, dall'alto, la nota mesta delle sue campane, e si accendevano ad uno ad uno i suoi lumi tranquilli, gli passava dinanzi agli occhi la visione di tanti ricordi domestici che mai gli erano sembrati tanto affettuosi e impressi al vivo dentro di sé. Ripensava alle parole di sua madre. « Chissà se ti vedrò mai più? » come una dolcezza melanconica e lontana. Solo si rasserenava al sentirsi accanto l'Elena che si appoggiava al suo omero. Né l'accusava di indifferenza, per la sua gaiezza spensierata.

« È una bambina! ella non sa nulla!... » diceva fra di sé colla generosa indulgenza delle nature vittime della propria bontà, e che cercano nella propria debolezza la spiegazione e la scusa di ogni fallo altrui.

Un giorno andò ad Altavilla all'ora dei vespri, per incontrare la mamma in chiesa.

Là, nella penombra della navata, resa più triste dal lumicino che ammiccava davanti all'altare e dalle lunghe tende di violette che chiudevano le arcate, egli vide la sua vecchierella curva sull'inginocchiatoio, e che pregava certamente il Signore anche per lui. La poveretta piangeva e rideva di gioia nel rivedere il figliuolo, e si stringeva il suo capo sul petto scarno, dinanzi agli occhi della Madonna, che è madre anche lei. Ella sembrava più grande di Cesare in quel momento. Il tramonto, scintillante sui vetri come una gloria, riempiva ancora di luce la volta della chiesa alta e sonora.

« Ora » disse la madre « inginocchiati con me. E preghiamo insieme Iddio. Signore, dategli la grazia dell'anima. » borbottava tenendo per mano Cesare come un bambino. « Signore, dategli la salute! Signore, dategli la providenza, dategli la pace e la felicità coi suoi cari, sopratutto con sua moglie. »

Chi gliel'avrebbe detto allora, a quella povera madre!...

Ella rimase qualche momento pregando fervidamente dentro di sé, cogli occhi ardentemente fissi sul Crocifisso. In questo momento si udiva nelle tenebre del coro, dietro l altare, il salmodiare funebre dei canonici, nel silenzio della chiesa che cominciava a essere rotto dallo scalpicciare di qualche fedele. In alto la campana chiamava alla benedizione. Un chierico accese quattro candele sull'altare maggiore, e un prete piccolo e grasso, rizzandosi sulla punta dei piedi, aprì il tabernacolo, orò un momento colla fronte appoggiata all'altare, e poi si voltò verso il pubblico, accompagnato dallo scampanìo festoso, colla sfera raggiante in alto, benedicendo il mondo di là del finestrone lucente, su cui calava la notte. La vecchierella agitava febbrilmente le labbra con una tacita preghiera, tenendo stretta la mano del figliuolo quasi per comunicargli la sua fede. La cantilena malinconica degli astanti si estinse a poco a poco.

« Ora lasciami vedere come stai » gli disse conducendolo alla luce incerta del crepuscolo, sulla porta della chiesa. Ella però era abbattuta e gialla come una cartapecora. « Io son vecchia » ripeteva « e non importa. Ma ti raccomando le tue sorelle, se venisse a mancare tuo zio, e ti raccomando pure di voler sempre bene a tua moglie. Ora tu appartieni a lei. Te l'ha data quel Signore istesso che ci ha benedetti or ora. »

La gente sgranava gli occhi vedendo Cesare al fianco di sua madre. Ma questa gli diceva: « Non ci badare. Tuo zio non dirà nulla se accompagni tua madre sino alla porta di casa ».

Lungo la strada si andava informando di tanti piccoli particolari. Gli chiedeva se il suo studio di avvocato cominciasse ad avviarsi, se la casa l'avesse ben fornita a Napoli, se sua moglie fosse buona massaia. Gli dava dei consigli grossolani da contadina: « Pensaci figliuol mio! ora che hai il peso della casa addosso. La Rosamarina non ti basterà a tirare innanzi. Bada a non fare debiti, ché si mangiano la casa. Settemila lire volano in un lampo. Non far debiti ». Ella andava ripetendo tutte le massime giudiziose che si dicevano in paese, e andava cercando sgomenta se non avesse dimenticato qualcosa. Non sapeva che lui aveva cominciato a far debiti sulla Rosamarina. « Vorrei vedere tua moglie per dirle queste cose. »

Intanto erano giunti dinanzi alla casa, e alzando il capo vide il lume nella camera del cognato. « Se le tue sorelle avessero saputo che venivi, sarebbero al balcone per vederti. Ma torna domenica, che se posso le condurrò un po' fuori a spasso per vederti. Le povere ragazze non osano parlarne dinanzi allo zio. Se non fosse per lui ti farei salire di sopra... Ma sai che abbiamo bisogno di lui. Ora addio! »

E infilò la scala, stanca, tenendosi alla ringhiera. Il figlio tornò indietro, col cuore stretto, avendo sempre dinanzi agli occhi quella mano scarna, che si appoggiava alla ringhiera, e quel dorso curvo, che ansimava ad ogni scalino. Quante volte, in mezzo alle spensierate prodigalità del presente ricco di sensazioni e di divertimenti, gli si sarà abbuiata la gioia rammentando le inquiete raccomandazioni della mamma e i suoi consigli di parsimonia? Finita la vendemmia, i vicini di campagna, i quali non sapevano come ingannare il tempo, mentre aspettavano la raccolta delle olive, vennero a fare visita agli sposi: la signora Goliano, la signora Brancato, le ragazze Favrini, infagottate in abiti da festa, rialzando sino al ginocchio le sottane per non insudiciarle sull'erba umida: i mariti nascondendo nei guanti nuovi le loro mani nere dal sole, vere mani da contadini. Si faceva della musica, si ballava, si improvvisavano delle merende nell'erba, delle sciarade in azione, prendendosi in giro per le mani a significare *O*, e camuffati colle coperte del letto, e li scialli avvolti in turbante quando il *tutto* era *Serraglio*. Elena, elegante, piena di brio, aveva messo in rivoluzione il vicinato. Le signore, tappate in casa, lavoravano d'ago e di forbice tutto il giorno per copiare le sue vesti attillate, i suoi guanti lunghi, i suoi cappellini arditi, si cucivano delle sottane, si mettevano in testa tutti i fiori del giardino. Ella era tanto felice che non si accorgeva dei momenti di preoccupazione, delle ansietà crudeli che passavano di tanto in tanto sul volto del marito, allorché andava a ricantucciarsi nello studiolo per scrivere al notaio, delle lunghe confabulazioni col messo che portava la risposta. Tutt'al più gli domandava:

« Di che scrivi? ».

« D'affari » rispondeva lui.

« Ah! » E si stringeva nelle spalle con un atto d'ingenuo egoismo, quasi il suo solo e grande affare fosse di godersi quella vita facile e allegra, senza badare alle pene segrete che arrecava a Cesare tutto quel movimento, quell'allegria rubata alla sua luna di miele, quel desiderio di piacere che ispirava sua moglie, che egli indovinava colla sua penetrazione delicata e quasi malaticcia, che sentiva ronzare là intorno, per quei burroni, fra quelle macchie, dove i vicini stavano tutto il giorno col pretesto di cacciare. Però sarebbe morto di vergogna prima di confessarle la sua strana gelosia. Anzi, allorché udiva l'abbaiare dei cani nella Rocca, o lo sparo dei fucili, la chiamava, le indicava la leggera fumata che si dileguava lentamente da un folto di macchie arrampicate sulla fenditura della montagna ad un'altezza vertiginosa, e le diceva: « Là, vedi, là! dev'essere il tale, o il tal altro ».

« Ah! » esclamava Elena, mettendosi una mano sugli occhi « lassù?... su quel precipizio? »

E restava intenta, coi pugni stretti. Alle volte chiedeva: « Perché non sei cacciatore anche tu? ».

Ella aveva di cotesti istinti, quella giovinetta. Lui non trovava altro che un sorriso dolce e triste. Delle altre volte ella esclamava:

« Se fossi un uomo, vorrei andare a caccia anch'io!... Dev'essere una bella cosa!.. una cosa in cui ci si sente vivere! ».

I vicini avevano progettato una cavalcata sugli asini che per Elena fu un vero avvenimento. Era una bella sera fresca e profumata. Ogni siepe, ogni macchia di capperi, ogni sterpolino di rovo era in festa, coi suoi fiori, colle sue bacche, coi suoi ciuffetti ondeggianti, col ronzìo degli insetti, col trillare dei grilli, col cinguettìo dei pettirossi che si annidavano, col gracidar delle rane che saliva dalla pianura, stesa come un mare, laggiù, sino alle montagne color di cielo. Tutte quelle cose che lasciano germi misteriosi nella testa o nel cuore. Di tanto in tanto la brezza recava il suono delle campane dal paesetto in festa, dorato dal sole, scintillante da tutte le sue finestre. Elena chiamava suo marito che cavalcava un po' avanti, col pretesto di farsi accorciare la staffa, ma in realtà per vedersi china sul ginocchio la sola testa in cui potesse supporre in quel momento i medesimi pensieri che si agitavano nella sua, in mezzo a quegli uomini che cavalcavano come se andassero alla fiera, e quelle donne che ciarlavano tutte insieme al pari di gazze.

« Tu sei per me! » gli disse all'orecchio. « Stammi vicino. Non mi lasciar sola. »

La viottola formava un gomito e s'internava in un boschetto lungo il vallone, di cui i rami si intrecciavano sul sentiero perennemente verde di muschio, irto di sassi umidi. In fondo l'acqua scorreva con un gorgoglìo sommesso, quasi fosse stata a cento metri di profondità sotto i roveti che coprivano il vallone, su cui si posavano le cicale al meriggio, colle ali aperte, con un ronzìo fresco anch'esso come lo scorrere delle acque, e le rondini volavano inquiete. Ogni volta che i rami si diradavano vedevasi sempre a sinistra la Rocca, ritta sino al cielo, nuda, screpolata da larghe fenditure boscose, sparsa come una lebbra da qualche rara macchia. Si sentiva sempre, a ridosso del sentiero anche quando i rami la nascondevano, dall'uggia densa, dall'umidità perpetua, da un non so che di tetro e di selvaggio che spandeva fin dove stendevasi la sua ombra. Di tratto in tratto un merlo fuggiva all'improvviso, schiamazzando, facendo scrosciare le frasche. Erano rimasti soli; si era dileguato perfino il rumore delle cavalcature che precedevano. Elena allora trasaliva e scoppiava a ridere. E all'orecchio, attirandolo più vicino a sé: « Se ci assalissero i ladri, mi difenderesti? ». Egli si metteva a ridere; Elena tornava ad insistere, voleva sapere se si sentiva di difenderla. Si corrucciava quasi che egli non fosse un ercole, e che non fosse pronto a farsi ammazzare per lei. Infine gli diceva:

« Quanto ti voglio bene! Come mi sento felice! ».

E sporgendo il viso verso di lui, gli avventava un bacio.

Giunti alla pianura, uno della comitiva propose di fare una visita alla villa del Barone.

A dritta e a manca si stendevano delle praterie immense, solcate dal maggese, tagliate a vasti quadrati di fave; qua e là giallastre di stoppia a perdita di vista. Alle falde delle colline si arrampicavano le vigne, in interminabili filari già diradati dall'autunno, sino agli oliveti, folti, vasti come un mare di nebbia, grigiastri nell'ora malinconica. Più in alto, sulle cime brulle, si vedevano errare le numerose mandre, come delle immense ombre di nuvole vaganti in un giorno procelloso sul paesaggio lontano, e i buoi che scendevano al piano, più radi, di cui si sentiva la campanella monotona nel gran silenzio del tramonto. Di tanto in tanto, s'incontrava un casolare, un gruppetto di fabbricati rustici, specie di piccoli centri di coltura, cogli arnesi sparsi all'intorno sull'aia verde, le alte biche di paglia che sovrastavano il tetto colla crocetta di canna. In fondo, in mezzo a un quadrato di verdura cinto da un muro bianco, si vedeva un gran casamento col tetto rosso, i vetri delle finestre lucenti, sormontato da un campanile tozzo.

« Son le case del Barone » dicevano. « C'è anche la chiesa. » Quei possessi, di qua, di là, dappertutto, erano del Barone, sin dove si vedevano biancheggiare delle mandre che pascolavano nelle sue terre, sin dove si udiva la campanella della sua chiesa. Narravano pure quel che rendevano quelle vigne, quanto valessero quegli oliveti, quanti capi di bestiame pascolassero nel suo, quanto misuravano quelle buone terre in pianura che valevano 200 ducati la salma. Pareva che volessero fare entrare nella testa di quella cittadina l'importanza enorme della ricchezza. « Alle volte, quando l'annata è buona, quei casamenti là non gli bastano per rinchiudervi la sua raccolta. » « I giorni in cui vendemmia il Barone non si può avere più un ragazzo o una vendemmiatrice a 15 miglia in giro. » I suoi fattori facevano il prezzo del bestiame alle fiere. I denari gli piovevano da ogni parte come la grandine. « Ed è figliuol unico! Nelle case ricche i figliuoli vengono sempre con parsimonia! » Sua madre, la baronessa, per non lasciarlo affogare nel denaro, ogni anno gli comprava una tenuta, o un oliveto. « È una donna coi calzoni » dicevano. « Se campa lascerà tanta terra al figliuolo, che i suoi possessi non finiranno più. Non si può maritare, perché è difficile trovare una moglie ricca come lui. »

La viottola, dacché erano entrati nelle terre del barone, diventava una bella strada carrozzabile, fiancheggiata da una doppia fila di alberi giovani, ancora circondati da un muricciuolo a secco per difenderli dalle bestie. « Faranno ombra quando saranno cresciuti, e intanto daranno frutto, e non si mangeranno la terra a tradimento » aggiungevano. « La baronessa è una donna coi calzoni! Facendo la strada non ha voluto perder del tutto la terra, e ha fatto la strada perché ci hanno cavalli e carrozze. Potrebbero sfoggiarla in città, tanto son ricchi! »

Sulla strada passavano continuamente carri, e bestie da soma, e vetturali che salutavano i vicini rispettosamente, da gente di buona famiglia. Di là dalle siepi, pei campi, scorazzavano stormi interi di tacchini e di polli. In fondo si vedeva il caseggiato massiccio, grande quanto un villaggio, su cui aleggiava un nugolo di piccioni. Tutt'intorno all'aia che si stendeva dinanzi al portone spalancato, erano delle carrette colle stanghe in aria, degli aratri staccati, una doppia fila di cestoni giganteschi di vimini, che aspettavano i buoi, riboccanti di fieno, fissati al suolo con dei cavicchi di legno e la fune pendente da un lato. A diritta ed a manca si stendevano delle tettoie immense, delle montagne di fieno grandi come case; sulla porta stavano una dozzina di contadini, delle donne accoccolate, dei campieri massicci, colla tracolla sull'uniforme sbottonato e gli sproni agli stivali, a godersi la domenica, senza far nulla, colle mani in mano, e un branco di cani ronzanti e abbaianti intorno.

Il fattore si alzò per ricevere gli ospiti, e andò ad acquietare i cani a grida e a sassate. La piccola comitiva entrò in una corte vasta quanto una piazza, coperta di erba secca come un prato. Alcuni sentieri battuti la segnavano con lunghe striscie biancastre da un capo all'altro e la facevano sembrare più grande. All'ingiro erano dei magazzini che non finivano più, con piccole finestre ingraticolate lungo i muri screpolati, con delle immense cantine di cui l'umidità sotterranea trasudava dalle muraglie verdastre, delle rimesse spalancate come stallazzi, delle case di contadini nere e profonde a guisa di antri. Ai due lati, degli abbeveratoi larghi come stagni, che allagavano quella parte della corte, dove sguazzavano le anitre e sgambettavano i monelli colle brache tirate sul ginocchio. La notte vi si sentivano le rane. Da un lato era la scala sconquassata, tremante in ogni balaustro di granito, larga come una scalinata di cattedrale, che si arrampicava tutta a gobbe sino alla porta dell'abitazione principale sormontata da un grande scudo, sbocconcellato, incoronato da un cimiero di cui restava una sola piuma di pietra confitta a un rampone di ferro. Sotto l'arco della scala si rincantucciava come sotto il pronao di una basilica medioevale, la porta della chiesa sgangherata, bianca dal tempo, murata da ciottoli e da arnesi gettati lì contro per tener sgombra la corte, e al di sopra, sullo scudo impennacchiato che si reggeva sui ramponi arrugginiti, rizzava il capo dimezzato il campanile, colla campanella fessa, colla croce magra di ferro, sull'immenso azzurro del cielo.

Elena camminava adagio sull'erba secca, in quell'immensa corte deserta e silenziosa, quasi timida, dietro il servo dagli scarponi da contadino che andava ad annunziare la visita col berretto in mano, precedendoli in punta di piedi per la vasta anticamera sonora e scura come una chiesa, dall'ammattonato nudo, dalle pareti imbiancate a calce, alle quali tutt'ingiro, al disopra di selle vecchie e di finimenti messi sul cavalletto, di giganteschi cestoni colmi di legumi e di nocciuole, erano appesi dei ritratti di famiglia, fatti colla scopa, polverosi, alcuni senza cornice, ma tutti decorati da un grosso blasone messo in cima, di lato, sotto i piedi, coronato, zeppo di croci, di torri, di sbarre, di stelle, e di bestie feroci. I ritratti rappresentavano cavalieri bardati di ferro, gentiluomini di S. M. Cattolica, colla testa adagiata sul collaretto spagnuolo come su di un piatto, creadi del Re; gli ultimi, i più recenti, vestiti dell'abito di spada, o in costume da senatore, la più alta carica municipale del paese, imbacuccati nella toga che nessuno aveva mai avuto, e che l'artista disegnava di maniera su di un modello noto; dame stecchite nel busto, e che sembrava fossero state sempre dipinte, per non aversi a piegare. Tutti sotto il nero fumo, e il giallo d'ocra, serbavano il cipiglio solenne, l'atteggiamento maestoso di gente che ha lì, a portata di mano, il berretto ricamato di perle da barone; e persino quei faccioni moderni di buoni campagnuoli, erano posati pian piano dall'artista sul rettangolo bianco del collare della toga, onde mostrare che erano teste per quelle corone là. « Son gli antenati del Barone » andavano chiacchierando dietro le spalle di Elena. « Gente venuta di Spagna col Re, ce n'è di 600 anni fa! Hanno avuto sempre voce in capitolo. E la fortuna poi di non aver mai troppi figliuoli! »

Elena ascoltava, intenta, colle sopracciglia aggrottate, passando in rivista i ritratti, senza dire una parola, mentre gli altri chiacchieravano familiarmente col domestico della raccolta, degli armenti, dei nuovi acquisti che aveva fatto la baronessa, interessandosi come se fossero della famiglia anche loro; il servitore stesso diceva: « Le nostre pecore, le nostre vigne, la tenuta che abbiamo acquistato da ultimo ».

La baronessa soleva stare in una cameraccia tutta bucata da porte e da finestre, nella quale si gelava d'inverno, ingombra di mobili dorati, di specchi, di scaffali pieni di cartaccie polverose, di macchine per far nascere i bachi, di sacchetti che contenevano i campioni delle derrate, col suo vecchio scrittoio in mezzo, e le sue donne in giro, ciarlanti tutte in una volta, spettinate, male in arnese, alcune delle quali si arrischiavano di venire anche scalze nelle ore tarde, filavano, facevano la calza, litigavano fra loro, mentre la padrona rivedeva i conti, dava gli ordini ai fattori, consultava l'avvocato che veniva apposta da Altavilla, spartiva il lavoro. Ella accolse i nuovi arrivati colla cordialità che si leggeva sulla faccia dei suoi antenati imbavagliati nel collare della toga; baciò le donne, fece portare dei rinfreschi che sarebbero bastati per una compagnia, li menò in giro per la casa, vasta quanto un convento, nel tinello in cui nessuno mangiava più da un secolo, nel salone che non era stato mai terminato, negli stanzoni abbandonati e ingombri di mobili vecchi, e che servivano quasi tutti da magazzini.

« Non c'è dove mettere uno spillo » diceva la baronessa. « La casa è tanto piccola! » Gli uomini ammiccavano cogli occhi, e immergevano le mani nei cestoni riboccanti di ogni ben di Dio. « Queste son le stanze di mio figlio; » disse poi la baronessa conducendoli in un altro quartierino un po' meglio arredato del resto della casa, di cui però, il solo lusso, erano delle armi e degli arnesi da caccia di gran prezzo, sparsi per ogni dove, in ogni angolo, sui divani, sui mobili, sullo scrittoio polveroso e dal calamaio vergine

« È la sua passione » diceva la baronessa. « Cani e schioppi! non pensa ad altro. Voglio maritarlo per fargli entrare qualche altra cosa in testa. » Le signore guardavano contegnose, colle labbra strette, e il fazzoletto ricamato fra le mani inguantate.

Ella si era presa di una gran simpatia per l'Elena, la conduceva per mano, la chiamava figliuola mia, le diceva: « Voglio cercargli una moglie bella come voi, al mio Peppino. Ma non una cittadina, perché con noi non saprebbe adattarsi, in paese, e da mio figlio voglio separarmi solo quando sarò morta. Che volete, è figlio unico! ». Poi facendogli vedere nella sua camera, a capo del lettuccio piatto, il ritratto di un giovanotto bruno e tarchiato, un po' al modo di quei signori messi a festa, soggiunse: « Questo è Peppino! ».

Elena lo guardò un po' per compiacenza, e rispose qualche parola insignificante. Peppino era uno come tutti gli altri, coi capelli ricciuti per giunta, e pettinati apposta per andare a farsi il ritratto, insaccato in un vestito che voleva esser di città, con certi solini e certa cravatta che Elena aveva visti solamente ad Altavilla. Poi si rimise a considerare silenziosamente la baronessa che discorreva con gli uomini di maggese, di rimonda d'olive, di prezzi di derrate, e interrogava le donne sui lavori che avevano per mano, con la benevolenza di una parente. Era una donnetta piccola e magra, cogli occhiali sul naso, vestita sempre di scuro dacché le era morto il marito, con un grembiale di seta verde, ed un scialletto nero incrocicchiato sul petto; infine aveva sul mento un po' di barba, e un modo di camminare dondolandosi, così piccola com'era, quasi fosse stata sempre a cavallo, per giustificare quel che dicevano di lei che portasse i calzoni « per forza! » diceva a chi le raccomandava di riposarsi oramai alla sua età; « quel ragazzo non ha nessuno altri che badi ai suoi interessi; se non ci fossi io se lo mangerebbero vivo. Tutti ladri! lo sapete meglio di me, cari miei! »

Al momento di accomiatarsi li accompagnò sino al ballatoio, volle assolutamente farli scortare da due campieri colle lanterne accese, che si era fatto buio. « La cittadina avrà paura a quest'ora, per le nostre campagne. Io non avrei paura di niente; tutti mi conoscono, grazie a Dio. Mi dispiace che non ci sia Peppino. Ma tornate un'altra volta, quando andrete a spasso da queste parti. Venite a San Martino, sapete, gusteremo il vino nuovo. »

Era sopraggiunta la notte, profonda tutto intorno ai lumi del casamento, nella campagna silenziosa, scintillante di stelle al di sopra della Rocca che si stampava in distanza come un nugolone minaccioso. Le cavalcature andavano passo passo, fiutando il cammino dietro i fanali delle guide che sembravano far saltellare i ciottoli della viottola. Qua e là un lumicino ammiccava nel tenebrore, e ad ogni fermata si udiva l'acqua del vallone che scorreva lenta, sotto i macchioni, e il gracidare lontano delle rane nella pianura. Ad intervalli arrivava l'uggiolare di un cane, perduto nello spazio, in quello sterminato silenzio che faceva rabbrividire leggermente l'Elena quasi pel primo freddo dell'autunno inoltrato. Tutto a un tratto si udì lo scalpitìo di un cavallo.

« Questo è il Barone! » disse uno dei campieri.

Un cane si mise ad abbaiare sospettoso e feroce in fondo alla viottola. Poco dopo comparve infatti don Peppino, nell'ombra, sull'alto cavallo pugliese come un fantasma nero, seguito da due campieri di cui luccicavano le borchie d'ottone, e le carabine ad armacollo.

Qualcuno diede la voce, e il Barone fermò il cavallo per salutare le signore.

« Siamo stati alla villa » gli dissero. « Questa qui è la signora forestiera. »

Don Peppino allora smontò da cavallo, per salutare la signora, tenendo il cappello in mano, colossale al lume dei fanali che lo rischiaravano dal petto in su; ma timido, come un ragazzo.

Elena aveva inchinato appena il capo. Il barone consegnò le redini ad un dei campieri. Egli continuava a discorrere, col piede su d'un sasso, mentre il vecchio servo inginocchiato gli sfibbiava gli sproni, colla testa bianca a livello degli stivali del padrone.

« Ora andate alle case » disse infine. « Io verrò dopo. Badate di non fare star fermo il cavallo a quest'aria. »

Egli volle accompagnare la brigatella sino al principio della viottola. Poi salutò le signore, si inchinò più profondamente all'Elena, e scomparve nel buio.

« E pensare che se lo incontrasse qualche briccone, potrebbe cavargli 20 mila ducati di taglia! » osservò uno della brigata.

« Don Peppino è bravo come un cane corso » aggiunse un altro. « E non si lascerebbe pigliare. »

Allora senza saper perché, Elena, per tutto il resto del viaggio, pensò a quel ragazzo che non aveva paura di andare solo al buio, a quell'ora.

VI

L'ortolano, tutto sottosopra, venne ad annunziare che arrivava la visita del signor Barone.

Elena era sotto il pergolato, dove soleva passare le ore calde della giornata, col ricamo o con un libro in mano. Senza scomporsi accennò di sì col capo al contadino stupefatto, e ricevette il Barone fra quelle quattro macchie di dalie, come una regina.

Don Peppino, avvezzo alle accoglienze premurose e imbarazzate, fu sconcertato da quella disinvoltura signorile. Egli era venuto con delle intenzioni conquistatrici veramente baronali, vestito in gala, sbattendo il frustino sugli stivali. Giunto al cospetto dell'Elena, per non fare la figura che aveva visto fare agli altri, girando il cappello nelle mani, cominciò ad ammirare il paesaggio, il banco di legno rustico sotto il pergolato, il panierino da lavoro adorno di nastri.

Elena offrì il rosolio in una cassetta da liquori simile a quella che la baronessa madre teneva sottochiave per le grandi occasioni. A don Peppino sembrava di trovarsi al teatro, quando i dilettanti di Altavilla rizzavano una campagna di cartone, nella quale le pastorelle recitavano coi guanti e le scarpette verniciate. Al momento di congedarsi offrì di venire a prendere la signora in carrozza, per fare una trottata sino ad un paesetto vicino. Elena dopo un lieve cenno di ringraziamento che non voleva dire né sì né no, ed un mezzo sorriso più insignificante ancora, seguitava a lavorare d'uncinetto attentamente, lasciando al marito la cura di rispondere. Questi disse:

« Volentieri, se ciò fa piacere ad Elena ».

Ma appena il barone fu partito, Elena gli buttò le braccia al collo.

« Hai fatto bene a dir di sì. Ne morivo di voglia! »

Nella sera, alla Rosamarina si parlava ancora del Barone, ed Elena disse:

« Peccato che colui sia tanto ricco! ».

« Io son più ricco di lui! » rispose suo marito baciandole le mani. « Intanto il Barone non ha queste! »

« No! no davvero! » disse Elena con un movimento leggiadro della spalla « e non le avrebbe mai. Mi piacerebbe esser ricca, ma non con un marito così fatto! »

« Oh, tu sapresti ridurlo a modo tuo! » rispose storditamente Cesare sorridendo.

Chi può analizzare le conseguenze lontane delle parole più semplici! Elena si mise a ridere del pari, mormorando:

« Ah, sì! ». Ma rimase un momento soprappensieri.

Il barone venne il giorno dopo sino al principio della strada carrozzabile col suo phaeton e i suoi quattro cavalli bai. Elena era leggiadrissima nel suo vestito grigio e nero, sotto l'ombrellino di seta greggia. Due altre signore del vicinato erano venute, e riempivano il legno di stoffe gaie, di ombrellini rossi, di allegria e di risa. Raramente gli abitanti del villaggio avevano visto siffatto spettacolo per le strade larghe e deserte del paese, e fu un gridìo, una festa generale, lungo i muri degli orti, le facciate basse delle casette, appena si udì da un capo all'altro del paese il trotto sonoro dei quattro cavalli. I monelli correvano vociando dietro il cocchio, le comari si additavano Elena dagli usci, colle rocche, a bocca aperta, tutti quelli che giuocavano a tresette si affacciarono sulla porta del casino. Il Barone arrestò il phaeton dinanzi al caffè, con un tratto vigoroso del polso che fece piegare sui garretti i cavalli fumanti, e ordinò dei gelati. Le signore, rosse come i loro ombrellini, vergognose di vedersi il punto di mira di tutto il paesetto affollato intorno al legno, col naso in aria, per vederle mettere il cucchiarino nel gelato, chiacchieravano a voce alta, ridevano forte, con la bocca stretta, e tenevano il mignolo in aria, quasi fossero innanzi allo specchio. Elena invece discorreva tranquillamente col Barone, tutto occupato di lei, colla frusta ritta come un cocchiere, sorbiva il suo gelato guardando i curiosi, assisa naturalmente sull'alto cocchio come su di un trono, coll'ombrellino sulla spalla, rispondeva con un lieve chinar di capo alla presentazione che le faceva don Peppino dei primarii del paese venuti dal casino a far circolo intorno al legno, a testa scoperta. Soltanto le narici delicate di lei si dilatavano di tanto in tanto, e al marito che le domandava se si divertisse, rispondeva di sì, di sì, chinandosi verso di lui, cogli occhi lucenti – il suo sorriso non era stato mai così grazioso.

Quando ritornarono indietro, a sera, ella non disse più una parola, stretta nel suo scialletto. Guardava la vasta pianura che si addormentava, le colline sfumate in un nembo di vapori azzurrognoli, su cui si spegnevano gli ultimi raggi del sole dorati nelle nuvole bianche, aspirando avidamente i vigorosi profumi dell'autunno, assorta, in mezzo al cicaleccio delle sue compagne, nel ronzìo misterioso che fanno gli insetti al cader della sera, nel trillare dei grilli lontani che davano un che di sconfinato alla campagna. La prima parola che le rivolse il marito la scosse bruscamente come da un sogno.

Il barone tornò alla Rosamarina, a far visita alla signora Elena, a bere il rosolio sotto il pergolato, a cacciare la beccaccia nel vallone. A poco a poco diveniva disinvolto, ed anche Elena, che si abituava alle maniere ed alle mode della provincia, andava familiarizzandosi con lui. Scopriva che egli era un buon giovane, in fondo, semplice e bravo all'occorrenza, generoso e servizievole. Fra i signorotti e le dame del vicinato che formavano la società della Rosamarina egli era il gallo della Checca, gli uomini gli facevano la corte come una signora, e le donne se lo mangiavano cogli occhi. Coll'Elena sola egli era ancora timido, chinava il capo ai menomi capricci di lei, lusingava in tutti i modi la sua vanità, le esprimeva la sua adorazione nel modo che un seduttore raffinato avrebbe solo stimato opportuno con lei, cercando di vederla il più che poteva, standole vicino in silenzio, cogli occhi sul lembo della sua veste, seguendola come un cane. Ella diceva: « È un buon ragazzo! » e si metteva a ridere stringendosi nelle spalle.

Però non lo evitava più colla stessa indifferenza; alle volte accettava il suo braccio, andando per la viottola, si faceva accompagnare pei sentieri del giardino, lo riceveva sotto il pergolato, chiacchierando di tutto, cogliendo insieme i più bei fiori pel vaso della mensa, facendosi aiutare nello scegliere la lana per un tappetino che destinava al marito. Spesso, quando organizzavano coi vicini una qualche scarrozzata nei dintorni, ella aveva il capriccio di guidare i cavalli accanto a don Peppino, ritta sul seggio, coi piedini posati arditamente sulla panchetta, tenendo una sigaretta fra le lebbra, raggiante, e si voltava di tanto in tanto verso il marito e la compagnia, esclamando: « Va bene? va bene? » con una voce vibrante senza saperlo di voluttà, di una gioia fanciullesca.

Il Barone stava tutt'occhi alle teste dei cavalli, faceva sentire la sua voce; di tanto in tanto posava la mano su quella di lei per dare una trinciata di morso, era costretto a premere qualche volta col ginocchio le ginocchia di lei strette nel vestito attillato. Una sera nella vasta pianura già velata di ombre, mentre il gracidare delle rane spandeva come una larga malinconia, egli raccolse un fiore campestre che le era caduto dal petto, e se lo portò alle labbra.

Elena aggrottò le ciglia, e per tutta la sera fu di un umore orribile. Suo marito non le aveva mai visto quegli occhi sotto quelle sopracciglia aggrottate e quasi congiunte; né aveva mai sospettato quanta violenza di malumore ci potesse essere in quel carattere. Ma la moglie, mentre risalivano la viottola, sotto i rami intrecciati come una vôlta, stringendosi al petto il braccio di lui, gli disse:

« Io ti voglio un gran bene, sai! ».

D'allora in poi, né scarrozzate, né gite nei dintorni, né partite di piacere. Elena lasciò cascare persino l'invito che aveva fatto la baronessa di andare a passare il San Martino in casa sua. Sembrava in collera con don Peppino che aveva interrotto bruscamente i suoi piaceri fanciulleschi.

Ella continuava a riceverlo perché non poteva fare altrimenti, per non dare nell'occhio, ma tutti s'accorgevano del suo mutamento; e il Barone stava davanti a lei come uno scolaretto, a testa bassa, tanto che finì col diradare le visite. Però era sempre a ronzare lì intorno, colla cacciatora di velluto e lo schioppo in spalla. Elena lo vedeva da lontano, fra i cespugli della Rocca, o sui greppi vicini, e seguitava a chiacchierare col marito, o a lavorare sotto il pergolato, senza alzare il capo. Però le si leggeva nel sorriso che si arrestava all'angolo della bocca, nella ruga che si disegnava rapidamente fra le sue sopracciglia, in certo imbarazzo dello sguardo, come una vaga preoccupazione, una sfumatura d'inquietudine. E, cosa strana, guardava alle volte Cesare che era sempre vicino a lei delicatamente affettuoso, con una certa timidezza carezzevole e femminina nelle sue espansioni. Ella sembrava dirgli storditamente:

« Cosa te ne importa? Dimmi, che cosa te ne importa? ».

E la sua voce si animava di una sorda vibrazione. Una sera che c'era stata più gente, suo marito dovette andare a cercarla sulla terrazza, dove stava appoggiata alla ringhiera, imbacuccata in uno scialle, assorta nella contemplazione della Rocca che si levava come un'ombra gigantesca e minacciosa, là di faccia. Ella trasalì leggermente al sentirselo vicino, e gli piantò in faccia quegli occhi strani. « Ah! finalmente! » disse: « È un'ora che ti aspetto! ».

Ella sentiva per quel cuore amante e delicato una tenerezza capricciosa e dispotica. Rivolta verso di lui, colle labbra strette, bianca come un fantasma, a quel chiarore incerto, lo guardava con degli occhi che coruscavano di tratto in tratto, quasi per l'irrompere di una scarica elettrica, come non sapesse ella stessa il sentimento che suo marito le ispirava.

All'improvviso afferrò la fronte di lui colle due mani, e la baciò.

Cesare, nelle maggiori effusioni del suo affetto, subiva un inesplicabile imbarazzo vicino lei; sembrava che una parte di quella donna, entrata a metà in tutta la sua esistenza, che faceva parte di sé, gli fosse rimasta estranea e sconosciuta. Allorché se la teneva fra le braccia, stretta, e non avrebbe voluto lasciarla più, sentiva una specie di sgomento, come la prima volta che Elena si era abbandonata a lui, nella via scura.

« Che hai? » ripeteva Elena. « Dillo a me! »

Allora, egli cercando cosa avesse, trovava la vaga angoscia che offuscava tutta la sua felicità. Le parlava di sua madre inferma, della sua casa, dalla quale era bandito. Elena, colle ciglia aggrottate, non rispondeva, passeggiando al buio pei sentieri del giardino, in mezzo alle lucciole che sprizzavano scintille fra le tenebre, e di tanto in tanto gli si stringeva contro il braccio, quasi pel trasalire di una commozione insplicata.

« Per me! per me! » Ma allora si irrigidiva a un tratto come pel corruscare di una sorda irritazione. Camminava assorta, fissando le tenebre, ascoltando vagamente il vento autunnale che gemeva nella gola del vallone, e faceva mormorare il giardino a guisa di un mare, e Cesare non scorgeva quella ruga sottile e fuggevole che si disegnava in mezzo alle sopracciglia di lei, né l'inspirazione avida che le faceva bere l'aria fredda della notte colle narici palpitanti, colle labbra turgide e semiaperte, con un anelito vigoroso del petto che somigliava molto ad un sospiro. E se egli la interrogava:

« Nulla! » rispondeva con quell'aggrottare di sopracciglia. « Tu non mi vuoi bene. Non so. Mi pare che dovrebbe essere altrimenti. »

Alle volte però, impietosita dall'afflizione che scorgeva nei lineamenti del marito gli diceva:

« Non mi vuoi bene?... Non mi vuoi bene quanto ne vuoi a tua madre?... Non ti basto io?... ».

Gli abbandonava il capo sull'omero, con una brusca risoluzione, accarezzandolo coll'anelito e col suono della voce, cedendo alla tentazione istintiva di provare su di lui il suo fascino irresistibile, coll'occhio fisso, intento a qualcosa che capiva e vedeva soltanto lei.

In quel tempo i vicini avevano fatto ritorno ad Altavilla, e il barone venne a congedarsi. Elena lo vide così stravolto in viso, così imbarazzato, che di tanto in tanto saettava su di lui alla sfuggita un'occhiata acuta, accompagnata da un sorriso sardonico che le contraeva l'angolo della bocca. Don Peppino chiacchierava col marito, di caccia, di affari di campagna, di pettegolezzi municipali. Ella si scaldava al sole di novembre dietro i vetri, agghiacciata dal primo freddo, dondolando il piede, pigliando pochissima parte alla conversazione, e quel poco dedicandolo quasi esclusivamente a suo marito. Don Peppino aveva chiesto se si fermassero ancora qualche tempo in villa, Elena aveva risposto:

« Finché mio marito vorrà starci io non mi annoierò di certo ».

Il marito dovette andare a prendere una lettera che

aveva preparato per sua madre, e che don Peppino si era offerto di recapitare. Rimasta sola col barone, Elena riprese vivamente la conversazione, quasi temesse di lasciarla languire. Ma il suo interlocutore non l'ascoltava più, quantunque tenesse gli occhi fissi su di lei, facendosi sempre più smorto. Tutt'a un tratto, con voce malferma, le chiese:

« Mi avete perdonato? ».

« Che cosa? » rispose Elena tranquillamente.

Egli non insistette, fece per alzarsi, ricadde sulla sedia. Infine le prese la mano, sinceramente commosso.

« Ci lasciamo amici? dite? »

« Perché non dovremmo lasciarci amici? » esclamò Elena, ritirando adagio adagio la mano.

« Mi permettete dunque di venire a trovarvi? »

Ella si fece seria in viso, e stava per rispondere no. Ma la parola le parve troppo dura. Sentì per istinto di donna come fosse anche compromettente.

« Noi ci fermeremo appena qualche giorno prima di tornare in città. Avrò tutta la casa sottosopra. Non so nemmeno se riceverò. »

Don Peppino si alzò contegnoso, un po' triste, nel momento in cui rientrava il marito, prese la lettera, salutò la signora, che gli stese la mano, e partì.

Il barone s'era incaricato pure di una lettera di Cesare pel notaio, il quale il giorno dopo era passato dalla Rosamarina, andando al suo podere, ed Elena aveva visto che si erano messi a discorrere con suo marito sulla porta del palmento, accanto alla mula che brucava l'erba fra l'acciottolato. Il notaio si stringeva nelle spalle, guardava il casamento dall'alto al basso, andava a misurare i muri colla sua bacchettina, dimenava il capo, e l'altro gli andava dietro, mogio, parlando basso, quasi supplichevole. Infine il notaio si arrampicò di nuovo sulla mula, facendo ohi! e là, dall'arcione che gli arrivava al petto: « Non val tanto; credete a me che me ne intendo. Fate venire anche cento periti, se volete. Saranno tutte spese buttate. Questo è un fondo d'economia, da tirarne frutto coi denti. Vostro padre, buon'anima, c'era affezionato perché era stato il primo pezzo di terra della famiglia. Ma del resto fate bene a venderlo, giacché avete dei debiti. Se no, ve lo mangiano! ».

Egli raccolse le redini, e s'avviava passo passo per la scesa della viottola, dondolando sulla sella, senza dar retta all'altro che gli andava dietro, continuando a parlargli sottovoce. « Sì » diceva il notaio « sì, son tutte chiacchiere. Ma vostro zio non vuole sentir nulla. Vi ha dato il fondo, e la parte di casa che vi spettava dell'eredità di vostro padre, tre stanze. Ci ha fatto a sue spese la scala, da una delle finestre. Così, se volete vendere subito la Rosamarina, avrete dove stare, sin che non tornate in città. »

Elena era stata a sentire tutto dal balcone. Appena suo marito le comparve dinanzi, disse:

« Vendi la Rosamarina? ».

Cesare balbettò una risposta evasiva. Ma ella più ferma di lui, soggiunse:

« Sarà meglio, giacché hai dei debiti, e la Rosamarina non rende nulla. Ora è finito il tempo della villeggiatura, e bisogna avere anche di che istallarci in città ».

« Non osavo dirtelo, perché credevo ti ci fossi affezionata. »

Ella rispose colla solita scrollatina di spalle.

« Non importa. Giacché bisogna vendere è meglio farlo subito. »

Da quel momento divenne tutt'a un tratto completamente estranea e indifferente a quella bella natura che l'aveva fatta andare in estasi di ammirazione, appoggiata al balcone, o sdraiata sull'erba. Gettava via con noncuranza le ultime rose intristite che suo marito andava a cercarle al riparo degli alti aranci. Sbadigliava nelle stanze, dietro i vetri ermeticamente chiusi. La campagna, di un verde più cupo nelle parti boscose, andavasi scolorando nella pianura solcata da lunghe fila d'uccelli neri, sotto un cielo grigio, macchiato dalle case nerastre del paese. Ella doveva subire potentemente quel mutamento. Ripeteva: « Quando partiremo? ».

Suo marito voleva farle osservare che era meglio aspettare l'esito delle pratiche intavolate dal notaio. Ma Elena rispondeva:

« Qui non c'è più nessuno. Non mi ci posso vedere, ora che dobbiamo vendere il podere ».

« Non avremo dove abitare. L'hai sentito. Appena tre stanze. »

« Che importa? Per quel che dobbiamo starci?... »

A lui stringeva il cuore di andare ad abitare accanto ai suoi, coll'uscio murato, di salire e scendere per quella scaletta esterna adattata al balcone, senza vedere alcuno dei suoi. Gli pareva ora veramente di essere il Figliuol Prodigo, sentiva la collera fredda e implacabile di quello zio che l'aveva idolatrato alla sua maniera calma, dietro quei vetri inesorabilmente chiusi.

Elena, appena giunta in paese, era andata a far visita ai Goliano, ai Brancato, a tutte le amiche della villeggiatura, che l'avevano ricevuta impalate su divani pompejani, duri come banchi di pietra, in vecchi saloni saccheggiati, mobigliati soltanto di stemmi giganteschi, dove si sentiva l'odor delle scuderie sottoposte, sciorinando ad ogni momento la litania delle loro parentele aristocratiche e dei loro possessi, saettando alla sfuggita sguardi velenosi sulle sue eleganti toelette nuove da sposa, e ad ogni suo atto da cittadina. Ella, dopo che ebbe fatto passeggiare per tutte le stradicciuole di Altavilla le sue belle toelette nuove, davanti ai curiosi che si affacciavano agli usci, cominciò ad annoiarsi nel suo salottino, che aveva messo in ordine alla meglio, con quattro gingilli ed un po' di stoffa, aspettando il ricambio delle visite che non venivano, mentre suo marito correva dal notaio e dall'agrimensore, leggiucchiando dietro i vetri, colla prospettiva della piazza deserta e allagata di fango, e del casino di conversazione, dove i primari del paese correvano a rintanarsi in fretta, sotto l'ombrello coi calzoni rimboccati. Ella vedeva sempre don Peppino sulla porta del casino, il quale guardava anche lui la pioggerella fina e cheta che cadeva inesauribile, con una grande aria di melanconia in tutta la sua persona.

Suo marito tornava a casa tardi dalla Rosamarina, le domandava scusa se era stato costretto a lasciarla sola tutto quel tempo, le domandava se si fosse annoiata di soverchio. L'abbracciava sempre colla stessa tenerezza come se fosse la prima volta; le diceva che con lei era felice, e non pensava ad altro; le accarezzava i capelli e le baciava l'omero. Ella si lasciava abbracciare distrattamente, collo sguardo vagabondo, rispondeva che era felice anche lei, ma cominciava a far freddo colà. S'irritava ad ogni nuova difficoltà che incontrava la vendita, e ritardava la partenza.

Oramai si sentiva scacciata dal paese, insultata da quelli stessi che erano andati a divertirsi nella sua campagna, ed a bere il suo vino.

Allora, aggrottando le sopracciglia, diceva:

« Alla fin fine, se tu avessi sposata una serva, i tuoi parenti non avrebbero potuto far peggio! ».

Un giorno il marito commosso, quasi colle lagrime agli occhi dal giubilo, la pregò di affacciarsi alla finestra che dava nel cortile, perché sua madre voleva conoscerla dal finestrino dirimpetto. Elena accondiscese senza esitare, ma egli lesse tale ironia sottile nella sua premura, che credette di dover aggiungere:

« Sai, quella povera donna è fra l'incudine e il martello. Mio zio è ostinato, ma è il sostegno della famiglia! ».

E le teneva le mani, fermandola un momento, fissandola cogli occhi lustri, palpitante. A lei non piacevano quelle debolezze sentimentali. Ritrasse le sue mani e andò alla finestra.

La suocera aspettava nascosta nel vano dello spiraglio di faccia, col viso pallido, e dietro alle sue spalle curve si vedevano le faccie timide e curiose delle figliuole, che volevano conoscere la cognata. Elena fece una graziosa riverenza, come se l'avessero presentata alla suocera nel salone del Municipio, e la madre alzò la mano per benedirli, lei e il figliuolo, il quale si sentiva piegar le ginocchia e stringere il cuore, mentre sua moglie salutava leggiadramente.

Ei tenendo la testa di Elena fra le mani, dopo averla baciata in fronte, mormorò:

« Povera mamma! anch'essa ti vorrebbe bene! ».

« Io non ci ho colpa » rispose Elena freddamente.

Altre volte ella osservava anche sorridendo che era un'intrusa, nella famiglia e nel paese, con un sorriso amaro che si fermava e durava nell'angolo della sua bella bocca. Finalmente chiese a suo marito:

« Perché non vengono a restituirmi la visita i Goliano, e i Brancato? ».

« Lasciali stare! » borbottò suo marito. « Son villani superbiosi! »

« Anch'io sono superba » disse Elena secco secco.

E non cessava dal ripetere:

« Spicciati a conchiudere questo affare della vendita.

Mille lire di più o di meno non fanno nulla. L'importante è tornar presto in città, e che tu ripigli la professione ».

Egli rispondeva che era in trattative con Brancato, il vicino, il quale se odorava la premura di vendere l'avrebbe menato per le lunghe, onde strozzarlo.

« Ah! » esclamava Elena. « È così? Che bella gente! »

In questo mentre ingannava il tempo coi preparativi della partenza, faceva e disfaceva i bauli, poi tornava a sbadigliare dietro i vetri del balcone, a guardare la pioggerella fina d'autunno che cadeva sempre. Ogni volta vedeva il barone piantato sulla porta del casino, si sentiva attratta insensibilmente verso di lui dalla monotonia di quella vita che li accomunava nella stessa noia; gli era quasi grata, inconsciamente, della compagnia che egli le teneva da lontano, nelle lunghe ore malinconiche in cui aspettava sola a casa il risultato degli andirivieni di suo marito, di occupare, in certo qual modo, la sua attenzione. Gradatamente s'interessava ai suoi gesti, al suo modo di vestire, all'aria del suo volto, all'uggia che doveva mettergli in corpo quel tempaccio, ai pensieri che doveva ruminare per occupare la mente; e in fondo a quei pensieri, vedeva sé stessa, la simpatia che le aveva mostrato quell'uomo scappellato da tutti, in quel paese che a lei faceva fare anticamera, che la trattava da eguale soltanto in campagna, dove può permettersi delle familiarità anche con dei subalterni. Questa idea la faceva arrossire di sdegno ogni volta che vedeva passare il signor Goliano, o il signor Brancato, sotto l'ombrello, coi calzoni rimboccati, e facevano tanto di cappello al barone, il quale rispondeva soltanto con un cenno amichevole del capo. Allora delle tentazioni strane le brulicavano nel cervello.

« Ma spicciati! » diceva a suo marito. « Tu non ne vieni mai a capo. »

« Oggi abbiamo un'altra offerta dal Goliano, ma non vuole arrivare ai settemila. »

« Tu ti lasci soprastare dai Goliano e dai Brancato. E sei un uomo di legge! »

Il barone, aveva preso gusto a fare la sentinella, e a poco a poco s'era scaldata la testa. Alla Rosamarina era ancora una ragazzata, il contagio dell'allegria spensierata e della grazia seduttrice di lei. Ora, dietro i vetri del balcone, nella tristezza delle giornate piovose, la vista di Elena assumeva un che di malinconico e d'interessante che non gli si levava più dal pensiero. Egli passava i giorni sulla porta del casino anche dopo che era tornato il bel tempo; passeggiava la sera per la piazza dinanzi la casa di lei, quando Cesare non c'era.

Elena cominciava a sentirsi preoccupata di quell'uomo che pensava continuamente a lei, che era sempre lì intorno, a spiare ogni suo movimento, nascosto dietro l'angolo di una viuzza, nel vano di una porta, come un innamorato di quindici anni, e indovinava i momenti crudeli che colui doveva passare ogni volta che suo marito tornando dalla campagna, nel buio del balcone dov'ella aveva voluto aspettarlo, la baciava sui capelli e sulle mani. Nelle sere di luna, vedendo quell'ombra nella piazza solitaria e inondata di luce pallida, le tornavano in mente le canzoni e le aspirazioni indistinte dei sedici anni, quando alla primavera aveva sentito battere il cuore verso qualche cosa che non aveva raggiunto mai, e le aveva lasciato una malinconia e un rancore di promessa delusa. Una di quelle sere che Cesare tardava a tornare, più del solito, levando gli occhi a caso sulle finestre di fianco abitate dallo zio canonico, che le teneva il broncio, vide un uomo che non conosceva, nero, nel vano luminoso del balcone, il quale la spiava, pallido e impassibile.

Allora tutta la sua fierezza si ribellò in un lampo.

Si rizzò in piedi, rossa come se l'avessero schiaffeggiata, senza pensare a suo marito che doveva arrivare da un momento all'altro, e fece segno a quell'uomo che passeggiava nella piazza di salire.

Don Peppino entrò, pallido come un cencio, cercando la prima parola. Ma ella era infuocata in viso, le si leggeva in volto una strana risoluzione, e se aveva le mani tremanti, la voce era ferma.

« Signore! » gli disse. « Qui, nella casa accanto, c'è un uomo che ci spia. Avete visto? »

Don Peppino voleva balbettare qualche cosa. Ma Elena l'interruppe:

« Ditemi se è lo zio di mio marito ».

« Sì » disse il barone.

« Tanto peggio per lui! » esclamò allora Elena bruscamente. « Vi ho chiamato perché avevo bisogno di parlarvi. »

Don Peppino fuori di sé dalla sorpresa e dalla gioia stava per recitare la sua parte. Le diceva colle mani giunte e l'accento sincero e commosso, che l'amava come un pazzo, l'aveva amata sin da quando l'aveva conosciuta alla Rosamarina e amava per lei quei luoghi dove l'aveva vista. Che non poteva più vivere senza sapersi amato da lei, ora che ella gli aveva detto una buona parola, che l'avrebbe seguita a Napoli, in capo al mondo. Elena a misura che si rimetteva andava facendosi sempre più pallida. Chinava il capo come per mettersi in difesa, fissava su di lui gli occhi profondi, diffidenti, quasi corrucciati.

« No! » gli disse con voce sorda. « Restate dove siete, non mi seguite, non fate altri scandali. Vi ho chiamato per dirvi che non vi amo, e che voglio amare soltanto mio marito. »

Il barone se ne andò barcollando, e sulla scala s'incontrò col marito. Questi vedendo Elena così sconvolta, le chiese: « Che hai? ».

Ella non rispose, poi, dopo un pezzetto, gli annunziò: « Il barone è venuto a farmi visita, sai? ».

Don Peppino, sentendo che la Rosamarina era in vendita, andò dal notaio e offrì diecimila lire. A sua madre che voleva impedire quella prodigalità rispose:

« È un capriccio, lo so, lasciatemelo soddisfare. Alla Rosamarina v'è la caccia più abbondante del territorio. Poi ho impegnata la mia parola ».

Goliano e Brancato, come seppero che l'acquisto che avevano maturato con tante lungaggini sfumava loro di mano, fecero un casa del diavolo, dicendo che il barone spendeva diecimila lire per comprarsi la grazia del venditore. Il notaio diede questo consiglio:

« Lasciateli dire, è il dispetto che li fa parlare, quando il contratto sarà firmato si rosicheranno le mani ».

Cesare arrivò a casa con tal viso che Elena domandò subito: « Cos'è stato? ».

« Il barone ha offerto diecimila lire della Rosamarina » rispose il marito.

Elena rimase immobile, rigida e bianca come una statua di marmo, scrutando profondamente negli occhi del marito coi suoi occhi grigi. Dopo un istante di silenzio gli chiese con voce lenta:

« E tu?... Tu che ne dici? ».

« Nulla » rispose egli seccamente.

Poscia le afferrò le mani con impeto, l'avvinghiò fra le braccia con uno slancio di tenerezza quasi minacciosa.

« Va' a firmare il contratto con Brancato, per settemila lire » disse Elena. « È la miglior risposta. »

VII

Don Liborio e tutta la famiglia erano andati ad incontrare gli sposi, in gala, con un gran landò di rimessa. Donn'Anna inzuppò un fazzoletto di lagrime nell'andare. Ma eran lagrime di gioia, e avrebbe voluto pianger così anche per l'altra figliuola che se ne stava tranquilla, colle mani conserte sotto il seno, sulla panchetta dirimpetto. Don Liborio, più padrone di sé, irrigidito nel solino inamidato, si asciugava la fronte col fazzoletto, guardando la sfilata dei viaggiatori che uscivano dal cancello. Come spuntò Cesare, colla sacca a tracolla, dando il braccio all'Elena elegantissima, gli stese pel primo la mano con un gesto magnanimo che scancellava tutto quel che era stato. Donn'Anna intanto si abbrancicava alla figliuola, la quale sorrideva, e si aggiustava il cappellino scomposto dalle espansioni materne. Don Liborio non permise che gli sposi andassero all'albergo, sinché avessero trovato di fare il nido, e li volle tutti a casa.

La sera, appena giunse Roberto, ricominciarono le strette di mano. Poi ciascuno se ne tornò al suo posto, come al solito. Elena quasi fosse in visita, coi guanti, lodando tutto, assicurando che sarebbe stata benissimo, pregando Roberto di aiutarla a trovare un quartierino, non troppo grande, un nido, purché fosse in una casa di bell'apparenza, colla scala di marmo.

La Rosamarina e le tre stanze di Altavilla avevano dato novemila lire di netto. Elena, quando ebbe trovato il nido che cercava, arredò un salotto, una camera da letto, uno spogliatoio, ed uno studiolo pel marito. Sull'uscio inchiodarono una bella placca d'ottone « *Avvocato Dorel-*

lo »! e il marito, nello studiolo nuovo, aspettò i clienti.

In questo tempo Elena era occupatissima a mandare delle partecipazioni alle sue amiche di collegio più in vista, alle conoscenze migliori che aveva racimolate qua e là, e a ricever visite nel suo salottino color d'oro, in mezzo ai suoi ninnoli luccicanti e ai suoi vasi pieni di fiori. In meno di un mese aveva il suo giorno di ricevimento, il suo taccuino pel giro delle visite, qualche amica che veniva a prenderla in carrozza, gli assidui che aspettavano il suo turno al San Carlo per farsi vedere nel palchetto di lei. Aveva fatto buona impressione nella società dov'era penetrata, seguita dal marito in guanti grigi.

« Farai delle conoscenze che potranno esserti utili » gli diceva. « Magistrati, colleghi illustri; acquisterai dei clienti ricchi che ti metteranno in voga. »

E lo lasciava nel vano di una porta, nell'angolo di un divano, accanto a un tavolino di primiera, a soffocare gli sbadigli dietro il cappello, a interessarsi al giuoco che non capiva, a rispondere al chiacchierio vuoto dei conoscenti che passando accanto a lui barattavano quattro parole per cortesia, quando una contradanza improvvisata o un pezzo di musica scacciavano nei vani delle finestre e sotto le cortine degli usci gli uomini serii, deputati provinciali, consiglieri di Corte d'Appello, avvocati panciuti che si facevano vento col cappello a molle, ammiravano la folla, si lagnavano del caldo, gli spifferavano dei complimenti intorno alla grazia e all'eleganza della sua signora, osservavano che era necessario un po' di svago per uno che ha delle occupazioni serie nella giornata, si meravigliavano come mai non lo vedessero spesso al Tribunale.

Lui, arrossendo, doveva confessare che non aveva affari. Il suo interlocutore, per cortesia, rispondeva garbatamente che la andava così, quando si voleva mantenere un po' di decoro, in principio di carriera... A meno di buttarsi in braccio agli albergatori, agli osti, ai sensali di affari, come quelli che fanno la posta a qualche cliente che arriva smarrito dalla provincia. E finivano col volgere un'occhiata discreta sulla moglie dell'avvocato senza affari, elegante, sorridente, disinvolta al pari di una gran dama, e corteggiata come una regina.

Allorché Elena, appena finito di desinare, correva ad accendere tutte le candele del suo spogliatoio, e si abbigliava per andare a passare la sera a teatro, alla Filarmonica, o in società, il marito rimaneva un po' triste, pensando al tempo in cui ella era tutta per lui, alle serate intime della Rosamarina. Gli pareva che degli estranei che lo salutavano appena, della musica che non capiva, dei piaceri che non divideva, gli rubassero qualche cosa della sua donna, un pensiero, un'attenzione, qualche momento di allegria, e forse anche di ebbrezza. Egli provava una voluttà amara ad analizzare, colla delicata percezione della sua natura quasi femminea, quelle sfumature dei sentimenti di Elena che si dileguavano da lui. Poi, come la vedeva ricomparire in gala, raggiante di sapersi così bella, le sorrideva, affascinato da quel sorriso trionfante di vanità. Né osava più dire, a lei, sfolgorante di tanta eleganza, che avrebbe preferito andare a passeggio da soli, al buio, ben stretti l'un contro l'altro, misteriosamente, come quella sera in cui per la prima volta erano andati per le strade silenziose, tremando, e stringendosi il braccio.

Elena, com'egli le aveva espresso una volta timidamente cotesto desiderio, l'aveva guardato in viso un momento, con lieve aria di sorpresa. Poi aveva risposto compiacentemente: « Sì, come vuoi ».

Egli non aveva voluto.

Nelle case dove accompagnava l'Elena, mentre rimaneva a discorrere colle persone serie, non vedeva più sua moglie per tutta la sera che dietro una siepe di abiti neri, nel gruppo più vivace delle stoffe vistose e dei ventagli che alitavano come farfalle, sotto le lumiere scintillanti, nel cerchio che allargavasi attorno alle contradanze improvvisate, accanto al pianoforte, quando provavasi della musica alla sordina, nel circolo ristretto dei privilegiati che si aggruppavano vicino al canapè della padrona di casa. Di tanto in tanto, come un getto fresco di allegria, udiva una parola di lei, uno scoppio di risa represso col fazzoletto profumato. Osservava alla sfuggita, con uno sguardo discreto che voleva parere distratto, la sua testolina fine, bruna e piena di vita, un riflesso della seta della sua veste, un movimento del suo ventaglio o delle sue spalle seminude, la posa leggiadra con cui si appoggiava al braccio del suo ballerino, o l'atteggiamento improntato di diffidenza ironica e graziosa con cui ascoltava il discorso misterioso ed animato che le sussurrava sotto il naso un individuo elegante, imprigionandole il vestito colla sua poltrona, piegando verso di lei il petto rigido della camicia e il capo diviso nettamente in due dalla riga irreprensibile. Egli solo, il marito, il più estraneo di tutti, non poteva prendere il braccio di lei che nell'anticamera, dopo che il corteggiatore della serata l'aveva aiutata a indossare la mantellina, sfiorandole coi guanti le spalle nude.

Alcune volte, per quanto ei si sforzasse dissimulare, Elena si accorgeva della sua tristezza nel tornare a casa. E gli domandava inarcando le ciglia, sinceramente sorpresa:

« Che hai? ».

Egli arrossiva sotto lo sguardo penetrante di lei. Sarebbe morto piuttosto che confessare a se stesso la gelosia vaga, dolorosa, umiliante, che tentava di soffocare. Accusava la noia di passare una serata con gente che non conosceva, la sua indole timida e ritrosa, la preoccupazione che gli dava lo stato d'incertezza dei suoi affari. Ella non si lasciava illudere, gli leggeva in cuore meglio di come non sapesse egli stesso; gli diceva:

« Che vuoi... Bisogna fare come fanno gli altri. Ma son tutta tua, lo sai ».

Però aveva bisogno di quella vita, di quel lusso, di quelle seduzioni, se ne inebbriava spensieratamente, senza sospettare il male. Dopo aver assaporato il trionfo della sua bellezza e del suo spirito, quando aveva indovinato vagamente l'ammirazione bramosa corruscante negli occhi ardenti che si posavano sulle sue spalle, l'emozione dalla quale prendevan risalto i complimenti insignificanti che le erano stati rivolti, si buttava al collo di suo marito, gli diceva: « Come ti amo! », senza accorgersi ch'egli impallidiva a quell'effusione. Nel salotto dai fiori azzurri tornava ad esser di lui, gli parlava guardandolo nello specchio del grande armadio di mogano che prendeva intera la parete, mentre si svestiva lentamente, al lume delle candele che dorava la biancherza pallida delle sue spalle e la sottile lanuggine delle braccia bellissime. Si lasciava accarezzare distrattamente, gli porgeva le labbra e la fronte, e gli diceva: « Ora discorriamo un po' fra di noi ». Raccontava gli aneddoti della serata, le galanterie che le avevano recitato, sorridendo indifferentemente, con un moto leggiadro delle spalle nude. Quindi gli stendeva le mani al di sopra del capo, senza voltarsi, come a dirgli: « Di che temi, scioccherello? ». E gli domandava se si fosse divertito egli pure, se fosse contento della sua serata, con chi avesse parlato, se avesse trovato qualche cosa. Trovare! Ella lo ripeteva con una leggerezza incantevole, quasi fosse stata la cosa più facile del mondo, senza accorgersi dell'ombra che la sua domanda metteva negli occhi del marito, o se accorgevasene si faceva a un tratto anch'essa pensierosa, guardandosi seminuda nello specchio con occhi vaghi che sembravano neri come carboni. Infine si scuoteva con quel moto impaziente delle spalle, si voltava bruscamente verso di lui, per dirgli:

« Non temere. Ci arriveremo! ».

Ella parlava di questo avvenire come di uno stato di altre soddisfazioni e di altre agiatezze. Non sapeva nemmeno che i denari della vigna e della casa sfumavano rapidamente. Credeva di non spendere altro che le cinque lire dei guanti o della carrozza che l'accompagnava a casa. Suo marito avrebbe voluto risparmiarle a qualunque costo le sorde angoscie che lo tormentavano, mentre ella rideva e folleggiava in un salone tutto oro. Per lui solo le meditazioni penose, i tentativi umili, l'andar su e giù per le scale altrui, i batticuori dell'aspettativa, gli scoramenti amari. "Ch'ella non sappia nulla almeno... sin che si può!" E non lo sorprendeva la crudele indifferenza di lei riguardo ai loro interessi. Solamente Elena cominciava a notare che quell'avvenire si faceva aspettare, e che alla moglie del Procuratore Generale o di un avvocato illustre venivano usati dei riguardi che mancavano a lei, ricercata, corteggiata, con guanti da venti lire alle mani. Suo marito non ci pensava, lui! E il sorriso di Elena finiva allo specchio, in una contemplazione astratta di se stessa.

Un mattino egli ricevette due righe per la posta.

« Badate a Cataldi! marito esemplare! »

Cataldi era un giovanotto il quale spendeva pazzamente il denaro che non aveva, biondo e delicato come una fanciulla, bel giuocatore, carico di debiti, audace cogli uomini, e cortesemente impertinente colle signore. Elena sorrideva volentieri con quel pazzo, il quale non cercava di meglio che saldare i suoi debiti, facendosi uccidere in duello, dicevano. Elena invece, col fazzoletto ricamato sulla bocca, mormorava sorridendo: «Che matto!».

Cataldi se lo lasciava dire di buon grado in faccia, ogni volta che l'asserragliava in un cantuccio, nel vano di una finestra, dietro un canapè, a ridosso della coda del pianoforte, dove poteva. E s'impadroniva del suo ventaglio, del ciondolo del braccialetto, del lembo di un pizzo, senza lasciarsi imporre dai suoi corrucci da bambina o dalla sua collera leggiadra, facendole piegare il capo e arrossire la nuca sotto le sue calde proteste, recitate con una flemma imperturbabile, con una franchezza che aveva del cinismo.

«Via! quando vi risolverete a dirmi che mi amate? Lasciatevi far la corte. Che temete? Non ci crediamo né voi né io. Voi non amerete mai, come me. Voi avete tutti i miei difetti. Siete insensibile, egoista e vana. Voi dareste l'anima ed il corpo per conoscere l'amore anche di vista. Io son l'uomo fatto apposta per voi.»

Elena gli dava del ventaglio sulle mani, si turava le orecchie, chinava graziosamente il capo per sfuggirgli, ridendo insieme agli altri che protestavano per lei, e accennavano al marito. Cataldi alzava le spalle. «Né lui, né nessuno» diceva. «Ella non amerà mai altri che se stessa.» Il marito alle volte, in mezzo al cicaleccio grave degli uomini serii, nel vano degli usci, e colla destra dentro lo sparato del panciotto, coll'occhio turbato e fisso sul gruppo intorno all'Elena, impallidiva leggermente, e smarriva la risposta.

Senza pensarci un momento, al leggere la lettera anonima, egli andò in cerca dell'Elena che suonava al piano, e gliela porse.

«Questa è della Silvia» disse subito Elena. «È una cosa secca e brutta come lei.»

E siccome il marito rimaneva zitto. «Ebbene» gli disse «che vuoi fare?»

«Io non lo so. Tu saprai meglio di me.»

«Non bisogna badarci. È una calunnia di gelosa. Tu ci credi? brutto!»

Ma ella non aveva giammai visto suo marito così pallido. Improvvisamente si fece rossa come il fuoco.

«Tu ci credi?»

Egli esclamò con una voce che Elena non aveva mai udito, guardando stranamente qua e là:

« Ah, no! Elena... Non ci credo! ».

« Ebbene? Cosa vuoi che faccia? »

« Non lo so. Non lo so! » ed evitava di guardarla, e la voce gli tremava.

Elena in fondo non si sentiva cattiva. Si avvicinò a lui pentita, e gli disse:

« Perdonami... Cosa vuoi che io faccia?... Vuoi che non esca più la sera? Tutto quello che vuoi lo farò ».

« No... no... » mormorò egli scuotendo tristamente il capo... « Tu non m'intendi... »

E con uno sforzo, afferrandole la mano, a viso basso:

« Voglio... voglio che tu mi ami sempre! ».

« Ah! cattivo!... come sei cattivo oggi!... »

D'allora in poi andò di rado in società, onde evitare d'incontrarsi col Cataldi. Questi ogni volta che poteva vederla le diceva:

« Come? mi fuggite! Comincereste ad amarmi diggià? ».

Elena non era donna da restare imbarazzata per così poco. Rispondeva:

« Sì, comincio ad amarvi, da lontano. Più lontano starete e meglio sarà per voi... ».

E Cataldi imperturbato:

« Tosto o tardi finirete per cedere all'attrazione. Sapete l'affinità dei simili! Io la subisco diggià! ».

In prova di che la seguiva da per tutto dove poteva. Faceva stupire il mondo colla costanza della sua inclinazione. « Cotesta piccina » dicevano « ha stregato quel farfallone di Cataldi. Non s'è visto mai così accecato! » Elena stessa diventava schiva e restìa a poco a poco. Non poteva dissimulare un lampo degli occhi, o una fiamma fugace alle gote, o un leggiero palpito delle narici appena lo vedeva comparire dove ella si trovava. In cuor suo, al vederlo così sottomesso, pensava: "Com'è carino!". E s'irritava che non le permettessero quel trastullo innocente. Alle volte faceva anche il broncio. Cataldi le ripeteva:

« Non credo ai vostri sguardi. Non credo al vostro rossore. Non credo che mi fuggiate, e nondimeno eccomi accanto a voi, a rendermi perfettamente ridicolo per voi ».

Un giorno s'incontrarono a caso ad una serata di musica

dove Elena aveva risoluto di non andare perché suo marito faceva il muso lungo. Ma all'ultimo momento... Cataldi la colse sulla gran terrazza che sporgeva sul mare per dichiararle:

« Quando mi direte che mi amate – me lo direte, siatene certa – sarà forse la prima volta in cui amerò davvero, perché non vi crederò affatto ».

« Tanto meglio. Siete avvisato. Non perdete il tempo dunque. »

« Io non ho nulla da fare Intanto mi piace misurarmi con voi che siete di una bella forza. »

In questo momento un'ombra tagliò il vano luminoso del balcone, e apparve il marito.

Il suo viso sembrava più bianco nell'oscurità. Egli disse ad Elena con voce calma che l'aspettavano per suonare un pezzo a quattro mani nel salone, e fece un cenno impercettibile onde pregare Cataldi di fermarsi un istante.

Elena stavolta allibì. Però era una di quelle fragili donnine che hanno una gran forza di dissimulazione. Faceva scorrere nervosamente intorno ai polsi i suoi numerosi braccialetti mentre spiegavano la musica sul leggìo, cogli occhi sul balcone. Ma quasi subito rientrò suo marito, tranquillo in apparenza come l'aveva visto pochi minuti prima, e Cataldi rimase ad ascoltare sotto le tende, impenetrabile anche lui.

Stavolta fu Elena che cercò di scambiare due parole da solo a solo con lui, dopo che ebbe suonato assai male, mentre duravano gli applausi. Ella lo fermò in un canto, un po' pallida, facendosi vento col ventaglio, e gli chiese con voce breve e secca:

« Cos'è stato? ».

« Una cosa assai strana. Mi ha pregato di lasciarvi in pace. Così come ve lo dico adesso, tranquillamente e con queste medesime parole. È una cosa semplicissima, che a nessuno è venuto in mente di, dire, e che vi fa rimanere senza risposta. »

Il marito invece non le diceva nulla, né lungo la strada, né per tutto il tempo che ella aveva messo a fare la sua toletta da notte con studiata lentezza, sino all'ora in cui egli andava, come di solito a lavorare per un par d'ore.

Allora ella lo fermò sull'uscio, prendendogli le mani, e guardandolo fisso.

« Son sempre la tua Elena! lo sai? »

Egli esitò, arrossendo, impallidendo a vicenda, col viso basso. Ad un tratto le buttò le braccia al collo, e si mise a piangere come un ragazzo.

Piangeva d'amore, di vergogna, di collera e di gelosia. Piangeva di doverla accompagnare lui stesso nelle feste, in mezzo alla folla, colle braccia nude, colle spalle nude, lui che avrebbe schiaffeggiato chi le avesse detto, vedendola passare: « Com'è bella! », che avrebbe ucciso chi avesse osato sollevare con due dita il velo che copriva le spalle di lei. Piangeva per quella contraddizione vergognosa, per quella tirannia della corruzione mondana che costringeva lui, il marito, a lasciare la moglie adorata senza difesa, in mezzo alle insidie velate, e alle brame incessanti dei seduttori, sola, perché gli altri fossero più liberi di confessarle col frasario ipocrita tutte le brame oscene che accendeva la sua casta bellezza nella loro fantasia viziosa, coi complimenti sfacciati, cogli sguardi impudichi che la ricercavano sotto le stoffe trasparenti. E andarsene lontano per non sembrare di voler ascoltare quel che le dicevano, e guardarla alla sfuggita, e se ella arrossiva dover fingere di non accorgersene, e se sorrideva volentieri con un altro trattarlo da amico! Ecco cos'era ridotto a fare lui, il marito, il tutore, l'amante, lui che avrebbe dato tutto il sangue delle vene per lasciarle ignorare l'esistenza del male: ad aiutarla colle sue mani a spogliarsi del pudore, dell'innocenza, ad essere spettatore di tutte le lusinghe che le offrivano a suo discapito, a sentir discutere e dileggiare la fedeltà delle mogli, a sapere che l'uomo il quale le parlava all'orecchio sottovoce le diceva che l'amava più del marito, il bugiardo! mentre doveva lasciarla fra due ore, e andarsene col sigaro in bocca, e avere l'indomani degli interessi e dei pensieri che non erano per lei! E lei l'ascoltava! e gli sorrideva, pur non credendogli una parola, ma per mostrarsi disinvolta, per paura che l'accusassero di non aver spirito, per abitudine di donna avvezza ad esser corteggiata, sicché era di cattivo umore tutta la sera quando l'erano mancate di queste piccole soddisfazioni di amor proprio, ed egli doveva scorgere i suoi trionfi cogli altri nel buon umore che gli dimostrava allorché rimanevano soli. Ah! — e questo lo spaventava e l'irritava! — ch'egli l'amasse in tal modo, che egli la sentisse così dentro e palpitante nella sua carne, nel suo cuore, in tutto il suo essere, che non potesse più vivere senza di lei! che ormai dovesse amarla ad ogni costo, com'ella avrebbe voluto essere amata.

No, egli non era geloso di Cataldi, né di questo né di quell'altro! Era geloso di tutto, di tutti quelli che le dicevano quant'era bella; del bisogno che ella provava di sentirselo dire e di veder prostate ai suoi piedi tutte quelle adulazioni. Indovinava che egli non le bastava più, che c'era qualcosa di lei che gli si involava ogni giorno, ora per un invito a un ballo, domani per una serata di gala al San Carlo, quando era attesa nei ritrovi, il momento in cui si faceva bella per gli altri, i capelli che adornava, le braccia che scopriva, la veste che non gli era dato sgualcire. E l'amava sempre, come prima, più di prima, in un modo diverso! E si rassegnava a ciò, e si contentava di quello che ella poteva lasciargli nel suo cuore, nella sua mente, quando aveva pensato: "Piacerò in tal modo a questo o a quell'altro?" e quando il cuore di lei aveva battuto più forte al sentire altre parole che egli non le aveva dette! Non era una cosa abbietta? Non era orribile? Ma l'amava così! Oggi diceva: « Ella si lascia dire che è amata, ma non ama che me! », domani avrebbe detto: « Ella sorride, ella arrossisce di piacere, ella china il capo lentamente... Ma poi, quando ritornerà ad esser mia!... ».

Più tardi... Chissà?... chissà?...

Elena aveva chinato il capo, colle sopracciglia aggrottate, indovinando vagamente. Poi gli fissò gli occhi in faccia, in silenzio, a lungo. Egli teneva fra le mani il viso pallido.

Poi lentamente Elena gli prese il capo fra le mani, e lo baciò, a lungo, senza dire una parola.

VIII

« E tuo marito? »

« Sta bene. Un po' musone, come al solito, ma di salute sta bene. »

Elena, col cappellino in testa, e il libricciuolo da messa in mano, andava ogni domenica a far visita alla mamma, seduta sul canapè, senza levare la veletta, elegante persino se metteva un vestito di percallo, diceva Donn'Anna; e il vestito di Elena era di seta nera, tutto ricami e fronzoli di conterie che le pesavano sul corpicino delicato, e glielo modellavano artisticamente. Donn'Anna, cogli occhiali sul naso, palpava il tessuto fitto, il ricco ricamo, con un accennare soddisfatto del capo, e soggiungeva:

« E le cose tue? vanno benone, lo vedo. Tuo marito ha degli affari? ».

« Così. Non molti... Sai bene... In principio... »

« Non fa nulla. Tuo padre dice che in quel ragazzo c'è della stoffa buona... Intanto non ti lascia mancar niente. Vorrei vedere tua sorella accasata come te. Quel benedetto Ospizio è sempre ad un punto. E li trattano come cani quei trovatelli! Roberto dice sempre che a gennaio gli impiegati avranno l'avanzamento non so di quanto, ma è sei anni che lo dice. »

Camilla, col libro da messa in mano anche lei, aggiunse:

« Duemila e cinquecento lire ».

« Duemila e cinquecento lire! » ripeté donn'Anna. « Tuo marito li guadagna in un mese, scommetto. Tu stai come una regina. Teatri, conversazioni, ricevimenti. Non ti manca nulla, figlia mia, che Dio ti benedica. »

« Non vado quasi più, mamma. Esco di rado. Mio marito preferisce stare in casa. »

« Ah! che idee gli vengono in capo a quel benedetto uomo. Cosa ci state a fare in casa? la muffa? A cosa ti servirà in casa l'educazione che ti ho fatto dare? e mi è costata un occhio! Dimmi la verità. Tuo marito comincia a diventare geloso? »

« No, mamma. Non ho detto questo. »

« Non ci badare. Tutti i mariti sono così. Tanti turchi addirittura. Anche tuo padre, se ci avessi badato... Loro a divertirsi di qua e di là; ma la povera moglie tappata in casa. Vedi, lo stesso Roberto, che non può stare un momento lontano da tua sorella, quando sarà suo marito... »

Si udì una scampanellata, e arrivò Roberto in persona, con un mazzolino da un soldo, che si tolse dall'occhiello del vestito per aumentarne il valore. Ma vedendo le due sorelle lì presenti non sapeva come dividerlo.

« Tocca a lei » disse Elena con una smorfietta. « Io son maritata. »

« Parlavamo appunto di ciò » aggiunse donn'Anna. « Che voi altri uomini siete tutti premurosi prima del matrimonio, e dopo correte di qua e di là, Dio sa dove. Anche don Liborio, vedete, il quale non ha nulla da fare, non si vede più in casa. »

« Viene tutti i giorni a trovar Cesare » rispose Elena.

Don Liborio andava dal genero ogni mattina, pettoruto, facendo risuonare la mazza sugli scalini di marmo. S'istallava nello studio, colla fronte tra le mani, scartabellando libracci, pigliando delle note, parlando di scrivere un trattato che sarebbe bastato da solo a spalancargli le porte della fama. « I clienti verranno in seguito » aggiungeva. « I Clienti sono come le pecore. »

E si sdraiava nel seggiolone per sviluppare la sua idea, stuzzicandola con grosse prese di tabacco. Andava dicendo dappertutto:

« Mio genero, l'avvocato, sta scrivendo un trattato di polso, che farà rumore ».

Donn'Anna invece predicava che bisognava darsi le mani attorno per acchiappare dei clienti, che stando rinchiuso nello studio non si accorgevano di lui, e gli lasciavano far la muffa.

Dov'erano andati i sogni da ragazza dell'Elena? i castelli in aria fatti al chiaro di luna sul terrazzo, cogli occhi fissi alla finestruola dello studente, nei lunghi silenzi riboccanti di echi di un mondo sconosciuto, allorché l'amante le sedeva accanto nel salottino di via Foria? Ora vedeva ritornare a casa suo marito stanco e disanimato. Egli le rispondeva col sorriso triste. Aveva il povero orgoglio mascolino di nasconderle le sue angoscie e di risparmiarle delle pene alle quali ella non poteva arrecare alcun rimedio. A lei invece la preoccupazione concentrata di lui sembrava egoistica; l'irritava alle volte contro di lui; le pareva della rassegnazione fiacca. E mentre stavano zitti l'uno di fianco all'altra, gli volgeva alla sfuggita degli sguardi singolari, gli diceva:

« Ci devono essere tante vie aperte per un uomo... ».

Oppure:

« Se fossi in te mi par che troverei... ».

I giorni che scorrevano uniformi! Ogni mattina Cesare, come apriva il balcone, e si vedeva dinanzi il mare azzurro e scintillante di sole, sentiva rinascere in cuore una vaga speranza, qualcosa che gli faceva baciare come un buon augurio i capelli di Elena disciolti sul guanciale, o la manica della sua veste da camera bianca nella quale ella cominciava ad aggirarsi per le stanzine ridenti, fresca e rosea. Subiva delle strane superstizioni. Aveva i suoi giorni fausti, dei segni che gli presagivano bene, se un bambino passava per la strada, se si udiva il fischio della ferrovia, se il vento spingeva al largo il fumo dei piroscafi dentro al molo. Recitava mentalmente, e a mani giunte, una corta preghiera dinanzi al ritratto della madre che aveva inchiodato sulla parete di faccia alla scrivania, e sull'uscio, di nascosto, prima di uscire, si faceva la croce, come faceva lo zio canonico, mentre Elena andava a mettersi al balcone e pareva che volesse accompagnarlo cogli occhi più che poteva. « Per lei! » mormorava Cesare fervidamente. « Purché Elena non manchi di nulla! Purché non soffra di tali angustie! » Si fermava sulla porta per udire il suono del pianoforte di lei. La salutava colla mano dalla strada, mentre ella gli sorrideva dal balcone, discinta, languida e abbandonata sulla ringhiera, nella fresca brezza mattutina. E incontrando Cataldi, che ronzava lì attorno, provando dei cavalli, imbarcandosi in una lancia sottile ed elegante, passeggiando lentamente col sigaro in bocca, e la mazzettina sotto l'ascella, Cesare pensava tristemente fra se stesso: "Ah! perché non sono come costui!".

I procuratori ai quali andava a raccomandarsi lo facevano aspettare in un'anticamera piena di gente. L'ascoltavano appena, in piedi, distratti, facendo segno a qualcun altro che erano subito da lui, cercando fra le cartacce della scrivania, gli promettevano che all'occorrenza si sarebbero ricordati di lui, e lo congedavano con una stretta di mano calorosa. Il suo antico maestro, un avvocato in voga sopraffatto dal lavoro in modo che doveva rifiutare dei clienti gli aveva risposto francamente che aveva già nello studio due giovani senza beni di fortuna che bisognava aiutare a spingere innanzi in tutti i modi. Egli aveva accolto l'antico alunno come un padre, gli parlava amichevolmente, e faceva aspettare una folla di gente per discorrere con lui, ma credeva che Cesare non fosse tanto bisognoso quanto i due giovani che proteggeva. Lo vedeva ben vestito, gli sapeva una moglie elegante. Cesare non ebbe il coraggio di disingannarlo, e tornò colle gambe ed il cuore rotti nello studiolo, dove il suocero si accaniva ad aiutarlo nel suo lavoro immaginario, sprofondato dietro un monte di libri e di opuscoli, così infatuato dalla sua idea che non si avvedeva dello scoraggiamento e della stanchezza che c'erano negli occhi fissi del genero, nel viso lungo, nelle braccia pendenti. Elena al sentirsi ripetere continuamente: « Nulla! nulla! », al veder sempre quella fisonomia scorata, sentiva mancarsi d'animo anche lei; l'insuccesso continuo l'indispettiva contro quell'uomo che non sapeva esser forte, che non sapeva lottare, che non sapeva pigliare d'assalto la sua posizione, che cercava di dissimularle la stanchezza del viso, e la preoccupazione fissa dinanzi all'occhio. Stava ritta sull'uscio, ascoltando sbadatamente il cicaleccio vuoto del genitore, senza aprir bocca. O al più mormorava:

« Non capisco. Mi pare che se fossi un uomo saprei trovare! ».

Don Liborio affermava: « Tuo marito ha ingegno da vendere. Peccato che gli manchi la fibra! ».

Elena scrollava il capo.

Infine un procuratore legale, degli infimi, vero "strascina

faccende", venne a proporgli un processo importante, diceva lui, una causa di prescrizione in cui erano in giuoco 200,000 lire. Il poveretto non badò che il leguleo unto e sciamannato gli parlava col cappello in capo; e dopo che l'ebbe accompagnato sino all'uscio, corse ad abbracciar l'Elena per darle la buona notizia, cogli occhi gonfi di lagrime e la voce tremante di gioia.

Elena non divideva quel giubilo sproporzionato, ma ne indovinava confusamente il motivo e si sentiva montare le fiamme al viso.

« Va'! Va'! » ripeteva in preda a un inesplicabile turbamento. « Lasciami sola un momento. Son fatta così. Son cattiva! son cattiva! Ma ti voglio tanto bene... Povero Cesare! »

Però l'affare grosso del procuratore "strascina faccende" non fruttò nulla a Cesare, malgrado l'impegno col quale ci si mise. Il cliente fu condannato a rilasciare il fondo che voleva appropriarsi, e il procuratore, furibondo, per non dargli un soldo, andò predicando dappertutto che Dorello aveva rubata la laurea. I colleghi si scandalizzarono che egli avesse assunto la difesa di quel processo vergognoso e infruttifero. Un compagno dell'Università, ch'era andato ad esercitare la professione di notaio in provincia, gli mandò una cliente la quale aveva il marito accusato di grassazione, giurando che non poteva pagar più di 25 lire. Il presidente del tribunale gli assegnò qualche difesa officiosa al Correzionale, che lo faceva guardare in cagnesco dall'imputato, il quale si credeva condannato perché era difeso gratis. Invano si arrabbattava nei bassi fondi e nelle anticamere della Giustizia, in mezzo a gente cenciosa e colla barba lunga, su e giù per le scale tappezzate di cartacce sudicie, nella folla dei causidici e dei litiganti ansiosi. « Quello è il tuo campo di battaglia! » profferiva il suocero. « Là trionferai! »

Donn'Anna voleva sapere perché il genero non rinunziava alla lusinga di far l'avvocato, e non cercava invece un impiego, come Roberto il quale aveva il suo soldo fisso, e se gli aumentavano lo stipendio avrebbe potuto ammogliarsi, senza altri fastidii. Don Liborio saltava in aria al sentir parlare d'impiego, diceva che era un avvilirsi, per un avvocato, il quale aveva la stoffa di ministro, lo stesso che diventare un rodicarte, un servitore del pubblico. Piuttosto avrebbe voluto fare del genero un deputato, un consigliere provinciale. Elena non apriva bocca in quelle discussioni di famiglia, ma si ribellava in cuor suo all'idea di presentarsi in un salone accompagnata da uno scribacchino di tribunale, o da un impiegatuccio dell'Agenzia delle tasse; si accasciava anche lei sul divano, colle braccia in croce sui ginocchi, cogli occhi fissi che splendevano di luce nera. Adesso non gli domandava più nulla. Lo aspettava sul terrazzino, lo vedeva venire a testa bassa, col cappello all'indietro, il vestito sbottonato, le scarpe polverose, strascinando i passi; andava ad aprirgli l'uscio, e tornavano a sedere sul balcone, senza dire una parola, colle braccia inerti, sino a tarda sera.

Ormai amava anch'essa la solitudine della via Piliero, il mormorio del mare, il silenzio della notte stellata, tutte quelle cose che almeno la lasciavano fantasticare come voleva. Allora prestava l'orecchio al rumore di un passo noto, sotto le sue finestre, perseverante, che sembrava recarle l'omaggio di un cortigiano fedele nella sventura, e le rammentava il lusso in cui era vissuta, le feste splendide, l'ossequio universale alla sua bellezza.

La sua bellezza! cosa valeva? a che serviva adesso? A vedersi sempre fra i piedi un marito che non osava amarla, tanto era avvilito. A stare accanto a lui, la sera, nel buio del terrazzino, quando avrebbe voluto star sola, ad udir quel passo, a guardar quell'ombra che passeggiava là davanti la cancellata del molo. E la presenza del marito richiamava ruvidamente ad un guardingo esame di se stesso il pensiero di lei, il quale scorazzava tra fantasie che non avrebbe confessato a se stessa.

Dio solo può sapere quali idee passassero in mente a quel marito e a quella moglie, seduti tanto vicini sul medesimo balcone.

IX

La casa era continuamente assediata da creditori, da gente che veniva per aver saldato un conto di venti lire, e perdeva mezza giornata ad aspettare sulla scala. La serva, creditrice di parecchie mesate, faceva causa comune con loro, restava un quarto d'ora a confabulare sottovoce, sporgendo il mento aguzzo, impietosita dalle loro lagnanze, portava delle seggiole in anticamera perché aspettassero comodamente, andava a chiamare la padrona ad alta voce, grattandosi i gomiti nudi in aria ingenua, per impedirle che facesse dire di non essere in casa. Elena allora, pallida di collera, doveva rispondere sorridendo, doveva trovare delle buone parole per quella gente che le parlava a voce alta, e col cappello in capo.

Suo marito avrebbe sofferto la tortura per risparmiare a sua moglie coteste scene. Non usciva quasi più, non aveva più testa di lavorare, gli toccava stare ad attendere dietro i vetri se arrivava un creditore. Alle volte, nelle ore in cui la via Piliero era più frequentata, vedeva passar Cataldi, e sentiva a quella vista più doloroso e profondo il suo avvilimento; arrossiva se lo sorprendeva la moglie, quasi stesse a spiarla, gli pareva di vederla aggrottar le ciglia o impallidire. Accorreva il primo ad ogni scampanellata minacciosa, per mettersi a parlamentare, a promettere, a scongiurare. Erano lotte di tutti i giorni, angoscie dissimulate a voce bassa, con aria calma, a capo chino, rosso di vergogna, col creditore insolente, nel vano dell'uscio, tendendo l'orecchio ansioso ad ascoltare se alcuno udisse nelle altre stanze, impallidendo se l'altro alzava la voce, e cercando di calmarlo col gesto supplichevole più che colla voce e colle parole. Erano ripieghi meschini, sotterfugi volgari coi quali bisognava ingannare la spietata curiosità della serva, o la vaga inquietudine di Elena. Ma almeno si lusingava che ella non sapesse nulla, non fosse consapevole delle umiliazioni che gli toccava subire. Esciva per procurarsi cinquanta lire con un lavoro che gli davano a fare di seconda mano. E tornava di corsa, col denaro in tasca, acchiappato dopo due ore di corsa, di sollecitazioni, di raggiri, inquieto, spiando le finestre da lontano, tremando di incontrare qualcuno per le scale. Gli toccava scongiurare umilmente le minaccie del beccaio e del fornaio, che l'aspettavano sulla scala di marmo, entravano dietro a lui nell'anticamera, lo seguivano scamiciati colla pipa in mano sino allo studio. Egli doveva tirarli ad uno ad uno nel vano di una finestra, abbassando il viso e la voce perché nessun altri udisse, e soprattutto l'Elena, posando la mano sulla manica delle loro camicie sudicie per ammansarli, accompagnandoli egli stesso all'uscio perché non osava chiamare la serva, la quale, nella cucina fredda, alzava le spallacce, sotto il fazzoletto unto. Poi doveva fingere di essere tranquillo, rientrando nelle belle stanzine arredate di mobili nuovi, colle stoffe freschissime, si sdraiava sul divano soffice, posava i piedi indolenziti sul tappeto morbido. Sua moglie fingeva anch'essa di non accorgersi del pallore di lui, della sua agitazione; non gli diceva nulla di quel che accadeva nella sua assenza. Si dava sempre da fare nelle altre stanze per non esser costretta a rimanere faccia a faccia con lui.

Una volta sola, uscì in questa osservazione:

« Quando non ci sei, è una cosa da impazzire con quello scampanellìo continuo all'uscio! ».

Un mattino vennero dei facchini a prendere il pianoforte. Il marito che non sapeva nulla, escì al rumore dallo studio per informarsi cosa fosse.

« Ho venduto il pianoforte » rispose Elena secco secco.

Egli arrossì, e non aprì più bocca sinché i facchini portarono via lo strumento prediletto di Elena.

Poi, come l'uscio fu richiuso, prendendo il suo coraggio a due mani, balbettò:

« Perché hai venduto il pianoforte? ».

« Era necessario. »

« Lo so, dico perché non hai venduto qualche altra cosa? »

« Il pianoforte era mio... Intendo che non serviva più a nulla. Non suono più. »

Lagrime amare comparvero negli occhi di lui, che non osava alzare il capo.

Elena seguitò a spingere alcune poltrone nel posto lasciato vuoto dal pianoforte. Poi lo schianto di quel dolore timido e peritoso le toccò il cuore. Si accostò a lui intenerita, e l'abbracciò senza dir motto.

Egli guardandola negli occhi parve volesse dirle qualcosa di decisivo. Ma era così commosso che non trovava parola. Solo di tanto in tanto le stringeva le mani senza aprir bocca.

« Come ti ho reso infelice! » mormorò alfine.

« Tu? » rispose Elena, stringendosi nelle spalle. « Che idea? Tu hai fatto quel che potevi. »

Ma egli aspettava qualche altra parola, avrebbe voluto che Elena indovinasse qual dolore, quale umiliazione fosse stata per lui vederla nascondere e dissimulare le sue sofferenze. Gli sembrava che ella lo respingesse, e in certi momenti si spalancasse fra di loro un gran vuoto.

« Senti, Elena! » le disse timidamente « se potessi morire, per levarti da questo stato, lo farei. »

Elena non ebbe un sol lampo di carità negli occhi, quel lampo che forse suo marito aspettava trepidante. Soffriva troppo da qualche tempo anche lei.

« No! tu non ci hai colpa, no! » gli diceva. « Son io che non ho fortuna; non ne ho mai avuta, mai! da bambina, da giovanetta tante belle promesse, tante parole... ecco il risultato! Se l'avessi saputo.. »

« Elena! » balbettò il marito.

Ella lo guardò un istante. « Che idea! Sei matto? No, non dico questo... »

« Se morissi » mormorò Cesare tristamente « tu saresti libera. »

« Belle cose che mi dici! Bel conforto che mi dai! Adesso specialmente... Se l'avessi saputo non avrei voluto mettere delle altre creature infelici al mondo, ecco!... Tu non sapevi quest'altra cosa... »

Il marito impallidì al sentirsi annunziare in tal modo

quell'avvenimento che è una festa per ogni madre, e per un po' rimase soprapensieri.

« Che brutta accoglienza trova questa povera creaturina! » mormorò infine.

Elena non rispose.

Però anch'essa si lasciava vincere a poco a poco, senza coraggio per rinunziare ai sogni della sua giovinezza, senza forza per cercare un conforto e una distrazione nella maternità, avvilita dal rovescio, con degli impeti di rivolta comecchesia contro il destino, dei rancori sordi contro tutto ciò che contribuisse alla sua sorte, come della frenesia, un bisogno di rappresaglia, cedendo grado a grado a delle aspirazioni insensate di cercarsi da sé quello che la sorte le negava, di fuggire dalla realtà in qualsiasi modo.

Allora la tentazione che stava in agguato, che le ronzava d'attorno, nel cervello, nel sangue, dinanzi agli occhi, la colse, se non pel cuore, per la mente guasta e fuorviata, nello spirito inquieto e bramoso. Là, sul canto del Piliero, mentre andava dalla mamma per fuggire le angustie della casa – e si fermò su due piedi al veder Cataldi, impallidendo a un tratto quasi fosse già colpevole. E le lusinghe di lui, e le parole scellerate, l'accento caldo, gli sguardi che accendevano il sangue:

« No! no! no! » ripeteva ad intervalli, sempre con voce più fioca, sempre colla fronte più bassa. Infine...

Adesso esciva tutti i giorni. Si vestiva in fretta, modestamente, di nero, sgattaiolava lesta per le scale, e correva dalla mamma, al passeggio, pur di non stare in casa. La serva si presentava al padrone tranquillamente, colla sporta al braccio, perché gli desse il denaro per le provviste. C'erano dei momenti in cui al poveretto sembrava di perdere completamente la testa nel cercare di combinare la spesa colle poche lire che gli restavano. Doveva ricorrere a degli espedienti, far dei calcoli mentali, inventar dei pretesti, perché la serva che gli piantava gli occhi in faccia, con un sorrisetto ironico sulle labbra sottili, colle braccia pendenti come a significargli che si seccava ad attendere, non indovinasse il suo imbarazzo, il suo rossore. Alle volte la serva posava la sporta per terra, si metteva le manacce sotto il grembiale sudicio, per fargli capire che era stanca di quella storia ogni santo giorno, e borbottava che cotesto avrebbe dovuto essere affare della signora, che gli uomini non se ne intendono, che in tutte le case dov'era stata, non aveva mai visto una cosa simile. Egli doveva mandarla via colle buone, senza rimproverarla, e dopo che se n'era andata brontolando e trascinando le ciabatte per gli scalini di marmo, venti volte si era piegato sulla ringhiera, come attratto dal vuoto che si sprofondava sotto di lui per tre piani.

Ormai nessun'altra risorsa. Quei due o tre procuratori che gli avevano procurato del lavoro di seconda mano gli facevano rispondere che non erano in casa. O se non potevano evitarlo per le scale, gli spiattellavano sul viso: «Mio caro, voi siete una macchina. Comprendiamo i vostri bisogni, ma non possiamo rinunziare al lavoro utile per darlo a voi».

Ei sarebbe morto dieci volte di fame, piuttosto che andare a domandare del denaro in prestito, se non fosse stato per l'Elena. L'unico a cui credeva di potersi rivolgere era il cugino Roberto.

Ma gli ripugnava l'idea che Elena avesse potuto saperlo. Piuttosto, spinto dalla necessità si risolvette a tornare dallo zio Luigi, il quale gli aveva chiuso l'uscio sul naso dopo il suo matrimonio, prevedendo quello che doveva succedere coll'istinto dell'avaro. Ma il bisogno stringeva talmente alla gola il povero giovane, gli metteva tal disperazione nell'anima e negli occhi che lo zio Luigi stesso non poté parare interamente la stoccata. Egli sfogò la bile che gli recava la domanda facendogli un lungo sermone, rimproverandogli la sua follìa, rinfacciandogli che glielo aveva predetto. Il poveretto, seduto di faccia allo scrittoio, inerte, col dorso abbandonato sulla spalliera della seggiola, si lasciava dir tutto, confessava tutto, conveniva che si meritava tutto. Egli aveva bisogno di duecento lire, tutto era lì. Ne aveva bisogno come il pane da mangiare. Egli era venuto per chiederne in prestito cinquecento. Ma il cuore gli era venuto meno dinanzi alla faccia dello zio.

«Duecento lire!» esclamò lo zio Luigi rizzandosi sul seggiolone, come se gli avessero dato una coltellata. «No! non posso. Facciamo a metà Cento li perdi tu, e cento io.»

Il disgraziato tornò a casa con cento lire in tasca come se ci avesse un tesoro. E sinché durarono si chiuse nello studiolo, senza dar retta al suocero il quale gli suggeriva temi importantissimi di legislazione. All'Elena, che tornava inquieta all'ora del desinare, si mostrava più calmo, e alle volte sembrava che fosse spinto a farle una confidenza, la guardava con effusione di tenerezza, le diceva:

« Se mi riesce quel che ho in mente di fare, le nostre angustie avranno fine ».

Ma quando terminarono anche quelle poche lire, il poveretto non ebbe più testa di lavorare, né d'altro. Ricominciarono le angoscie di ogni genere. Infine, colla disperazione nel cuore tornò dallo zio, balbettando che gli prestasse ancora cento lire, cinquanta anche... quel che voleva. Non avevano più un soldo in casa, non aveva da comprare il pane, fra una settimana,... a qualunque costo... gli avrebbe restituite le cento lire... Oppure... oppure...

« Ma sì » gli rispose questa volta lo zio pacificamente. « Figurati! Le ho messe qua apposta. Ti darò quelle stesse cento lire che dovevi restituirmi il mese scorso. Se le hai restituite devono esser lì. » E gli apriva il cassetto della scrivania.

« Non c'è nulla. Che vuoi farci? Vuol dire che non me le hai restituite. Quando me le porterai, le metterò là. Talché se ne avrai bisogno un'altra volta, saprai dove trovarle. »

Il povero Cesare grado grado s'era adattato anche alla vergogna di chieder del denaro in prestito al cugino dell'Elena. Andò a trovarlo nell'ora in cui sapeva che doveva essere in casa, finito il servizio dell'ufficio. Infatti lo trovò in pantofole, scamiciato, che spazzolava dei panni, distesi su di una cordicella, e li ripiegava accuratamente, imbottendo di giornali vecchi le maniche dei vestiti perché non prendessero delle pieghe. « Se non si ha questa cura, uno ha sempre l'aspetto di essere vestito come un ciabattino », gli diceva per scusarsi di essersi fatto trovare in quell'arnese, pregandolo di mettersi a sedere sul canapè duro come una panchetta, domandandogli a qual motivo doveva ascrivere la fortuna...

Come Cesare gli spiegò il motivo arrossendo, Roberto non batté ciglio. Per sì poca cosa che non valeva la pena, immaginarsi! fra amici come loro, poteva quasi dire parenti! Era che il suo sarto la mattina stessa gli aveva portato via una grossa somma. Tutto ciò che aveva sottomano in quel momento. Mio caro Dorello, non potete immaginare quel che si spende, per poco che uno non voglia andar vestito come un ciabattino. Già voi lo sapete. Come si chiama il vostro sarto? vedo che vi serve bene. Un po' passata quella moda del bavero di velluto, ma è ben fatto. Tutto l'abito sta nel bavero. È una disperazione come cangian le mode. Certi colori vistosi poi se li portate una stagione vi strillano addosso l'anno dopo. E sempre spendere! Al giorno d'oggi prender moglie diventava una cosa impossibile. Ora usavano i calzoni larghissimi. Tutti quelli dell'anno passato erano inservibili.

Cesare, colla febbre nel cervello, dovette subirsi la discussione ragionata dell'ultimo figurino, e dichiarare se preferiva le camicie col colletto ritto oppure rovesciato. Roberto spinse l'amabilità sino a fargli passare in rassegna i suoi vestiti, le camicie ricamate, le scarpe messe in fila sotto il cassettone.

Il poveretto disperato ricorse alla sua mamma, e scrisse una lettera in cui si sentivano delle lagrime vere.

Due giorni dopo gli giunse un vaglia telegrafico di duecento venti lire. Pallido di gioia e di commozione corse a dire all'Elena:

« Mia madre mi ha mandato del denaro! ».

Egli non sospettò nemmeno quel che fosse costato, e quel che dovesse ancora costare alla povera donna quel vaglia mandato a fare di nascosto, coi denari ricavati da una vendita di sommacco insaccato di notte nel magazzino. Nel mercato del paesetto quella vendita clandestina gettò lo scompiglio, alterò i prezzi della derrata. Si venne a conoscere che erano state fatte delle vendite fuori della piazza, e l'ufficiale telegrafico andò a raccontare al caffè e alla spezieria il grosso vaglia che gli avevano fatto fare.

Lo zio canonico senza dire una parola tornò subito a casa, giallo come una candela, e si fece consegnare le chiavi da Susanna alla quale erano affidate da tempo immemorabile. La ragazza allibita, corse a dire alla mamma:

« Lo zio ha scoperto ogni cosa! ».

La madre si mise a letto la sera stessa colla febbre, e nel delirio farneticava che il cognato li scacciava tutti di casa, e le sue orfanelle andavano a vendere del sommacco per le strade.

Cesare, ignaro di tutto ciò, ripeteva all'Elena, per farsi coraggio:

« Se mi riesce quello che ho in mente, finiranno le nostre angustie ».

Elena ormai sembrava che si fosse rassegnata a quello stato, o che le fosse divenuto indifferente. Dapprima mal dissimulava il cattivo umore che le arrecava il vedersi continuamente il marito in casa. Ripeteva le osservazioni di sua madre che a quel modo avrebbe fatto la muffa. Tradiva dei momenti di esasperazione in cui la sua testa era altrove, cogli occhi fissi ed astratti, il viso un po' pallido e le labbra serrate. Usciva spesso, in fretta, a capo chino, e quando suo marito le domandava dove fosse stata, una fiamma appena repressa passava attraverso il suo pallore trasparente.

Egli invece aveva rinunziato all'avvocatura, al ministero, alle splendide aspirazioni del suocero. S'era rassegnato a scendere di un grado nella gerarchia forense, e s'era fatto iscrivere qual procuratore legale. Finalmente capitò un affar grasso, che ebbe buon esito, e se ne tirò dietro degli altri. Cesare respirò. Andava a sollevarsi dal lavoro pesante presso di Elena, prendendole le mani coll'effusione timida di un fanciullo. Ella, pallida come uno spettro, si lasciava abbracciare.

Don Liborio, quando seppe la cosa, cominciò a strillare che il genero aveva fatto una corbelleria, si era tagliata l'erba sotto i piedi, aveva voltate le spalle ad una strada larga e nobile, per sgambettare tutta la vita in un sentieruzzo angusto e senza uscita, e non voleva sentire le ragioni del genero sbigottito dal rabbuffo.

« Babbo » rispose pacatamente Elena « coteste son belle cose quando si è ricchi, o almeno quando si può aspettare il portafoglio di ministro. »

« E chi v'impediva di aspettare? » esclamò don Liborio incalorito. « Che fretta avevate? Non siete abbastanza giovani tutti e due? »

« No, babbo! Non avevamo tutti i giorni dei pianoforti da vendere. »

« Avete venduto il pianoforte? » rispose il babbo sorpreso di non veder più lo strumento che mancava da un mese in quel salotto dove egli veniva ogni giorno.

E se ne andò borbottando, perché non sapeva più che dire, né come spiegare la sua collera.

X

Cesare era tornato a casa ad ora insolita, e fu sorpreso di non trovare sua moglie.

« Che so io dov'è! » rispondeva la serva. « Io non mi immischio dei padroni. So che è uscita. »

Egli prese le carte che era venuto a cercare e stava per andarsene quando entrò l'Elena, livida, colle labbra smorte, e gli occhi luccicanti di febbre sotto il velo.

All'incontrarsi col marito in anticamera diede un passo indietro bruscamente, al primo momento. Poi cercò di passar oltre, senza guardarlo, senza parlargli.

« Elena! » balbettò Cesare stupefatto.

« Che c'è! » disse lei con voce irritata, fermandosi di botto. « Cosa vuoi? »

« Dimmi cos'hai? cos'è stato? Non ti senti bene? »

« No. Non è nulla, sta' tranquillo. »

« Dimmi cos'hai? »

« Nulla ti dico. Lasciami andare, lasciami, sto benissimo. »

Cesare non sapeva che fare.

La serva ascoltava a bocca aperta dall'uscio della cucina, lo spingeva fuori sgarbatamente, ripetendogli:

« Lasciatela stare, lasciatela stare. So io quel che essa ha. Voi non ve ne intendete. Voi gli fate più male che bene colla vostra vista. Son cose di donne ».

Lei sola poteva acchetarla, toccandola colle manacce unte, poteva mormorarle di tanto in tanto all'orecchio qualche parola a voce bassa; mentre il marito dietro l'uscio udiva piangere sua moglie cheta cheta. Sul tardi arrivò donn'Anna e tutta la famiglia, tanto che la serva chiuse l'uscio perché non empissero la camera. Camilla poté sgusciare accanto alla sorella, tenendole un braccio al collo, parlandole nell'orecchio, senza guardarla, e l'Elena accennava di sì, col capo basso, asciugandosi gli occhi. Roberto si era messo a sedere discretamente accanto a Cesare, don Liborio andava su e giù pel salotto, col cappello in testa, e donn'Anna ripeteva al genero:

« È mal di nervi; so cos'è. Quand'ero incinta di Camilla l'ho avuto anch'io tal'e quale. Una notte svegliai don Liborio perché avevo voglia di mangiare dei mattoni pesti. Sciocchezze ».

Tutt'a un tratto si aprì l'uscio della camera, e comparve Elena, seguita dalla sorella, molto abbattuta, cogli occhi gonfi, strascinandosi a fatica. « Non vuol darmi retta » biascicò Camilla. « Dice che ha bisogno di respirare sul balcone. »

Elena si appoggiò alla ringhiera del terrazzino, guardando il mare, col mento fra le mani. La sera scendeva calma e serena e si udiva fin là il fischio dei vapori che partivano. Spirava una brezzolina fresca, ed Elena rispondeva ostinatamente alla sorella che la supplicava all'orecchio scuotendo il capo risolutamente, e ripeteva con voce sorda:

« No! no! lasciatemi stare! lasciatemi stare! ».

Infine si voltò inasprita, cogli occhi scintillanti di collera, la voce rauca:

« Lasciatemi, vi dico! Lasciatemi sola! Che paura avete?... Perché non mi lasciate sola?... »

Ma scorgendo suo marito non disse più nulla, e si appoggiò un'altra volta alla ringhiera col mento sulle palme. Due colonne di fumo nerastro si svolgevano attraverso gli alberi fitti del porto che frastagliavano di linee nere e sottili l'opale del tramonto. Poi cominciarono a scorrere lentamente lungo il muraglione del molo, e girarono la punta del faro, sbuffando più densi, accompagnati da un fischio prolungato e lontano. Due grandi piroscafi uscirono insieme fuori del molo, e s'avanzarono nel mare che imbruniva, come una sola gran massa nera bucata di punti luminosi lungo il bordo, con un rumore sordo di ale possenti che battevano l'onde. Poi gradatamente si separarono, l'uno parve rimpicciolire virando di bordo, dileguandosi verso il capo Campanella, e l'altro seguitò ad avanzarsi a diritta, gettandovi il riflesso ancora incerto del suo fanale rosso.

Elena, com'era sopravvenuta la sera, domandò a Roberto che l'era vicino, dietro alla Camilla:

« Qual è dei due che parte per Genova? ».

La sua voce era talmente mutata che Roberto non si raccapezzò subito. Cesare rispose per lui:

« Questo qui, a destra ».

Elena trasalì all'udir la voce del marito, e tirò dentro pel braccio la Camilla, collo sguardo smarrito, stringendola così forte che anche la sorella spalancava gli occhi dal dolore. Andò a sedersi nella sua camera, al buio, e non volle vedere più alcuno.

« Non è nulla! » ripeteva donn'Anna chiudendo il balcone. « Non vi spaventate. Quand'ero nello stato in cui è lei adesso, facevo anche peggio. »

Nei giorni seguenti Elena andò calmandosi a poco a poco. Il medico confermò il giudizio di donn'Anna, raccomandò il riposo, una vita calma, delle distrazioni quanto si poteva, ed un moto regolare. Elena ebbe una gestazione travagliatissima. Il caldo eccessivo della stagione aveva contribuito ad abbattere le sue forze. In poco più di un mese ella era divenuta irriconoscibile, colle guance scarne, gli occhi stanchi e profondamente solcati, qualcosa di cascante in tutta la sua persona. Ella si alzava tardi, passava delle giornate intiere sdraiata sul canapè, senza aprir bocca. Non si occupava più di nulla, non s'interessava a nulla. S'annoiava di tutto, s'irritava alle più lievi contrarietà. Diceva che oramai si era fatta vecchia. Non si guardava più nello specchio, si lasciava pettinare come volevano, indossava la sera una specie di accappatoio lungo, si buttava uno scialle indosso, e andava a fare una passeggiata a lenti passi, appoggiandosi svogliatamente al braccio del marito, spesso senza dire venti parole in tutta la sera, senza fare attenzione alle amorevoli sollecitudini di lui, il quale sentiva il cuore stretto da quella vaga indifferenza che li separava a poco a poco, che si insinuava in mezzo a loro due allorché stavano a sedere al buio, su qualche banco remoto della Villa, senza aver più nulla da dirsi, interessandosi piuttosto alla gente che passava, correndo l'uno lontano dall'altro col pensiero, uniti soltanto dalle preoccupazioni comuni e dalle piccole noie. Quando andavano dalla mamma, Elena si metteva al balcone l'intera sera, guardando nella strada, facendosi vento col ventaglio, mentre Camilla aguchiava e Roberto stava a vedere. Poi, come don Liborio andava a rimontare la pendola, tornavano a casa, passo passo, a braccetto, in silenzio, per quelle stesse strade che avevano fatto col cuore in tumulto nel trovarsi insieme la prima volta. E i conoscenti che li incontravano a caso non ravvisavano più in quella matrona larga e lenta l'Elena di un tempo, modellata leggiadramente dal vestito, ancora un po' rigida, ma di già serpentina ed elegante, coi grandi occhi curiosi sotto il cappellino modesto.

Ella non era perversa no! si credeva sinceramente disgraziata, faceva il possibile per riannodare il passato, sorrideva dolcemente allorché il marito le prendeva le mani come una volta, senza osare di parlare. Egli la guardava sempre in quegli occhi stanchi con una gran tenerezza, e la baciava a lungo, a lungo, quasi avesse voluto dirle cose che non sapeva spiegare egli stesso in quel bacio. Tanto che alle volte Elena, staccandosi da lui, gli fissava in volto uno sguardo strano, come sorpreso gradevolmente di quell'amore che durava sempre e domandava:

« Davvero? mi ami ancora lo stesso? sempre come prima? ».

Oh! se ella l'avesse incoraggiato!... Se ella non gli avesse agghiacciato le parole in cuore con quella fredda incredulità!... È che egli non osava, al vedere quello sguardo strano, al contatto di tutta quell'aria di indifferenza che ella non dissimulava neppure. Egli l'amava come prima, più di prima, perché ella era la parte migliore di se stesso, la sua gioia, il pensiero di tutti i giorni, lo scopo del suo lavoro, la dolcezza della sua casa, l'essere intimo e caro in cui si incarnavano tutte le sue speranze, le sue gioie, i suoi sogni, per cui aveva sofferto, e nel cui sorriso era la sua felicità.

Allora si abbandonava all'espansione dei suoi sentimenti, tornava ad accarezzarla colle parole e colle mani tremanti, a stringerla forte, quasi avesse temuto che le fuggisse, e coprirla di baci deliranti sulle mani, sulle labbra, sul collo, sugli occhi, sui capelli.

Dapprima si animava anche lei a quella foga d'affetto, dimenticava ogni altra cosa, dibattendosi sotto quelle carezze, chinando il capo con piccoli gridi selvaggi; chiudeva gli occhi sorridendo, coi capelli allentati; si abbandonava. Poi tornava in sé, abbuiavasi, aggrottava le ciglia, gli posava le mani sul petto, si irrigidiva. Gli diceva:

« No! no! lasciami, non siamo più ragazzi... Che pazzìe!... Ora sono un'altra... sono un'altra... »

Pensava alla sua giovinezza miseramente sfiorata? alla sua bellezza distrutta? ai sogni che si erano dileguati? alla maternità che l'aspettava come un sacrificio? E di tutti questi pensieri nasceva e ingigantiva un rancore indistinto, un umor tetro che scolorava ogni cosa ai suoi occhi. Il marito, colla divinazione penetrante di chi ama davvero, si sentiva avvolto in quel rancore, in quell'umor nero anch'esso, gli pareva di essere allontanato e respinto, quasi gli pesasse addosso la responsabilità di quei sogni di ragazza che s'erano involati. Tutto ciò metteva un gran vuoto in quelle stanzine ristrette, un freddo che agghiacciava il cuore di lui, e gli faceva cercare il lavoro come uno svago, come qualcosa in cui c'era ancora il pensiero di Elena senza che si vedesse il suo pallore, il suo sorriso, glaciale, il suo occhio distratto. Il poveretto si faceva in quattro per procurarle qualche soddisfazione col suo lavoro. Passava le notti a scrivere per portarle un regaluccio modesto, un cappellino nuovo, un braccialetto, un ventaglio, aspettando ansioso un sorriso di lei, un gesto, un cenno del capo, una parola. Colle ossa rotte dalla fatica, dal salire e scendere scale di procuratori e di avvocati, le offriva di accompagnarla al passeggio, in teatro, magari in società, ora che avevano fatto pelle nuova, e cominciavano a respirare. Ella non voleva, faceva la vittima ingenuamente, si creava delle tristezze solitarie da romanzo, provava una voluttà amara a far l'Arianna, la caduta, la disillusa, strascinando la sua noia da una stanza all'altra, agucchiando svogliatamente a dei capi di corredo piccini come se dovessero servire per la bambola, e le sembrava in tal modo di sorvegliare minutamente ogni cosa, tale e quale come donn'Anna. Costei, di tanto in tanto veniva anche lei a dare una mano, a consigliare su quel che doveva farsi, a sgridare la serva, la quale allungava il muso a tutte quelle novità, e strascinava le ciabatte per la casa, brontolando, guardando cogli occhi torvi ogni pannolino che le davano da stirare, sbattendo la granata contro gli usci nello spazzare, sfogandosi a picchiare i mobili collo spolveraccio; e si calmava soltanto se rompeva qualche cosa, restava lì a guardare e a girarvi attorno, alle sgridate di Elena rispondeva che non l'aveva fatto apposta, non sapeva far meglio, se non erano contenti se ne andava – posava lo spolveraccio sulla prima suppellettile che capitava, grattandosi i gomiti aguzzi: « Tanto per quel che si buscava adesso!... ».

Solo donn'Anna bastava a rintuzzare la petulanza di quella donnaccia, la quale appena la vedeva arrivare andava a rintanarsi quatta quatta in cucina, colla granata sotto il braccio.

La mamma rimbrottava alla figliuola: « Come puoi tollerare gli sgarbi di colei? Non vedi che ti ruba sulla spesa? ». Rivedeva il conto in presenza della serva, la quale rispondeva ad ogni osservazione: « Io non so altro che ho speso tanto, sono i prezzi soliti. C'è anche qui la padrona che può dirlo ». E guardava l'Elena, la quale chinava il capo.

Donn'Anna pretendeva che il genero ci pensasse lui alla spesa, la mattina, prima di andare all'ufficio, così faceva don Liborio. E Cesare allora, per mettere la pace in famiglia, prometteva che sarebbe andato. La serva tornava in cucina sogghignando, rivolgendogli delle parolacce dietro le spalle.

« Vorrei vedere cosa farai con una disutilaccia di quella fatta ora che giungerà il marmocchio! Tu non ci reggerai, così delicata come sei. Ti sei vista allo specchio? Dovete pensare a procurarvi una buona balia, di quelle del contado, che son sane e lavorano per quattro. Roberto che è nei trovatelli te la cercherà. »

Elena non sapeva risolversi a congedare la serva; ma dall'altro canto, l'idea di essere costretta ad allattare lei il bambino, la spaventava. Malgrado il suo orgoglio, si ridusse a parlarne bonariamente colla donna, quasi a domandarle consiglio, a metterla a parte del suo imbarazzo.

« Non è nulla! Vuol dire che faccio i quindici giorni e poi me ne vado. Tanto in questa casa passo per ladra.

Adesso che il padrone va fuori per la spesa, appena arriva la balia non avrete più bisogno di me. Già mi toccherebbe fare la serva alla balia, se il padrone non può tenere altre persone di servizio. E la serva alla balia non la farei, no! Questo mettetevelo in testa. »

Invano Elena cercava di essere indulgente verso di lei, di trattarla meglio che poteva, regalandole dei vestiti smessi, uno scialle quasi nuovo. La serva compiva i suoi quindici giorni come se nulla fosse stato, era sempre colla granata e collo spolveraccio in mano, affettava di andare a prendere gli ordini dal padrone ad ogni minima cosa, giacché il padrone scendeva perfino ad andare al mercato. Quando arrivava il ragazzo colla spesa cacciava le mani nel paniere, brandiva i pesci o il fascio degli spaghetti, si informava cosa li avessero pagati, ficcava il naso dentro le branchie dei merluzzi, o sul grasso della carne, e fingeva di essere stomacata, borbottava: « È roba di otto giorni, capisco adesso perché costa meno. Valeva la pena di andare un galantuomo col cilindro e la canna d'india per risparmiare cinque soldi su della roba che non vuol nessuno! ». Se le vivande erano bruciate, o malcotte, rispondeva: « La spesa non la faccio io. Questa è la roba che ha comprato il padrone ». E alle volte poi rifiutava la parte che le toccava, mettendo il piatto sotto la tavola perché se ne accorgessero; fingeva che lo stomaco le si rivoltasse, e si metteva a parlare col gatto. « Non credere che sia incinta anch'io... Se facessi come tante altre sarei rimasta a balia nella casa! » E quando non c'era Elena soggiungeva: « Ragazze o maritate, so io quello che fanno. E le padrone anche! Se dicessi tutto quello che ho visto in questo mondo! Molte di quelle signore che portano la veste di seta non son degne di leccarmi queste ciabatte qui! ». E si toccava le ciabatte e le baciava, sotto il naso del padrone, per far intendere che quelle almeno erano onorate.

L'aveva specialmente col padrone, buono soltanto per andare a fare le provviste, che non poteva mantenere alla moglie la balia senza toglierle la cameriera. Quando uno è disperato come lui non si marita, o deve lasciar mantenere la moglie dagli altri, e non fare il superbo. Ella andava a domandargli se bisognava lasciare il fuoco acceso per l'acqua calda, o se dovesse mondare l'insalata pel giorno appresso, giusto allorché lo vedeva più occupato. Si metteva a scopare nel corridoio, si accaniva contro l'uscio dello studiolo, non la finiva di strofinare ogni spigolo col grembiule sudicio, cercava ogni mezzo di tormentare il pover'uomo, gli metteva sottosopra le carte e i libri col pretesto di spolverare, gli rovesciava il calamaio sulla scrivania, tutto coll'aria calma di fare il suo dovere, gongolando dentro di sé al vedere che lui stava per perdere la pazienza, e si agitava nervosamente sulla seggiola, lo stuzzicava col suo cicaleccio da zanzara: "Ella non ne aveva colpa se sceglieva giusto quel momento. Non poteva farsi in quattro per badare al tempo stesso in cucina e nella casa. A lei toccava di fare da cuoco e da␣stalliere. La padrona faceva il diavolo per un granello di polvere, come se tenesse quattro persone di servizio. Adesso che non esciva più, e non aveva più da fare fuori di casa, andava a cercare i granelli di polvere".

Il padrone aveva un bel supplicare che lo lasciasse tranquillo, che andasse dalla padrona, per sentire se bisognava mondare la lattuga o lasciare acceso il fuoco. L'indomani lei tornava da capo, diceva che non poteva andare da Erode a Pilato, si ostinava a fargli contare le fette di carne prima di andare a friggere, lo strutto che era avanzato dalla padella, il prezzemolo che era andata a comprare, perché non la tenessero in conto di ladra, all'onor suo ella ci teneva più di qualchedun'altra; rovesciava le saccocce e contava gli spiccioli sullo scrittoio del padrone. « Povera, ma onorata! »

XI

« Ah! in questa casa!... Non si finisce più dal salire e scendere le scale! È durato cent'anni questo mese! Andare per i pomidoro sino al mercato, e per due soldi di lattuga fin laggiù, a casa del diavolo! Ora anche le lettere che non son giuste di peso, e bisogna riportarle indietro. Ecco qua! Fortuna che ci ho pensato prima di lasciarla andare nella buca! Un'altra volta, quando scrivete lettere così grosse, pesatele bene prima di metterci il francobollo, o mettetecene due addirittura. Se la lettera arrivava colla multa si giurava che mi ero messa in tasca i soldi, e passavo per ladra. Questo no! Povera, ma onorata! Ecco qua. »

Cesare impallidì. La lettera messa in fascio coi pomidoro e le lattughe, era di Elena, diretta a Cataldi in America.

« Va bene » disse. « Lasciatela qui. La metterò io alla posta. »

La donna indugiava a strascicar le ciabatte per la stanza, lentamente, col grugno composto ad una certa maligna compiacenza nel porre in ordine le seggiole, e gli oggetti minuti sopra i mobili. Cesare, colla voce tremante di collera, tornò a dire:

« Andatevene, vi ho detto! Andatevene! ».

Non c'era dubbio. Era il carattere d'Elena che scriveva a Cataldi, a Montevideo. Cesare si slanciò per correre dalla moglie, poi si arrestò prima di aprire l'uscio dello stanzino, pensando alla serva, che ronzava pel corridoio. Tornò allo scrittoio colla testa fra le mani, senza poter trovare in quel tumulto d'affetti il più semplice pretesto per mandar fuori la serva, sforzandosi di pensare ad altro per calmarsi.

Ma lì, seduto davanti alla scrivania, gli pareva d'impazzire. L'idea prima, sola, implacabile, era che la serva indugiasse apposta. Fece, due o tre giri per la stanza in punta di piedi, perché ella non udisse, stringendosi forte il petto colle braccia. Poi andò a chiudere le tende, si asciugò colla manica il sudore della fronte, stette alquanto in ascolto, col cuore che gli batteva, e chiamò.

La donna comparve subito, fissandogli in viso gli occhi rotondi, collo spolveraccio sotto l'ascella, e rimase attonita, come il padrone le ordinava di andare a fare una piccola commissione fuori di casa. "Subito? Non era meglio aspettare che avesse finito di spolverare? Ella aveva anche la pentola sul fuoco, pel brodo della signora. Non poteva far tutto nello stesso tempo."

« Va bene, spicciatevi » rispose lui.

Andò a chiudere l'uscio che la donna avea lasciato aperto, aspettando febbrilmente che ella avesse finito. La udiva, coll'orecchio alla serratura, andare e venire lentamente, battendo colpi fiacchi collo spolveraccio. Di tanto in tanto l'uscio della cucina cigolava.

Il suo pensiero correva da Elena alla serva, con una dolorosa rapidità, con un va e vieni di pendolo che gli martellava il cervello e lo faceva trasalire d'impazienza. Ad un tratto cotesto pensiero si arrestò sull'Elena, all'istante in cui sarebbe comparso dinanzi a lei colla lettera in mano. Allora si rassegnò immediatamente ad aspettare; voleva avere il tempo di calmarsi, e di sapere quel che andava a dirle.

Quel che andava a dirle? Che cosa? Che ella amava un altro, Cataldi? che ella glielo scriveva, in quella lettera lì, sotto i suoi occhi? E se non glielo scriveva? Se gli imponeva invece di lasciarla tranquilla e onorata, di non disturbare la sua pace?... Ma come, se egli era lontano? Egli le aveva scritto dunque? In qual modo? La serva doveva saperlo. Essa che assaporava ipocritamente le sue angoscie, che gli dissimulava male il suo disprezzo... E quando? Dove erano queste lettere? Egli pensò ad Elena, tentando di indovinare il motivo del cambiamento, passando in rassegna giorno per giorno tutti i suoi atti e tutte le sue parole di cui poteva rammentarsi. Tutto a un tratto gli si rizzò dinanzi agli occhi il ricordo di un giorno in cui l'aveva incontrata sull'uscio, pallida, colla colpa ancora negli occhi. E rimase fulminato.

Una sera ella si era sentita male, sul balcone, all'imbrunire, mentre un piroscafo partiva per l'America. Vedeva ancora il fanale rosso che guardava fisso dal mare, e lei che sbatteva i denti dal dolore.

Anch'essa aveva sofferto quella volta, come lui adesso; chissà? forse dippiù. Ella aveva visto partire per sempre l'uomo che amava sopra ogni altro, e aveva dovuto soffocare la sua disperazione sotto gli occhi del marito. — Un momento stette pensando a quel marito, lì presente a quella scena, quasi si trattasse di un altro. — Poi Elena a poco a poco si era calmata, era giunta a parlargli amorevolmente, a lasciarsi baciare da lui. Egli stesso, quando si sarebbe calmato quell'atroce spasimo, avrebbe ceduto anche lui? le avrebbe rivolto ancora delle parole affettuose? avrebbe cercato le carezze di lei?... — E quelle carezze gli si inchiodavano ferocemente nel pensiero! Non per lui, per un altro che vedeva ronzare attorno alla sua casa, quando egli correva scoraggiato a caccia di risorse. E l'Elena che evitava i suoi sguardi, che diveniva sempre più indifferente, che tornava a casa pallida, colle labbra secche, cogli occhi ancora pieni di visioni!... Dov'era stata? Sì, dove andava ogni volta che usciva di casa in fretta, col velo sul viso? Ella non glielo avrebbe confessato giammai! Quella lettera forse l'avrebbe detto. Perché non l'apriva? Perché non cercava di sapere? E se Elena era innocente tuttavia? E se quella lettera non fosse là? Se egli l'avesse ignorata?... Se egli avesse potuto immaginarsi che Elena non aveva scritta quella lettera? Quando egli fosse stato certo del contrario, cosa le avrebbe detto? Cosa avrebbe fatto? Cosa sarebbe accaduto in quella casa, in quella camera dal letto bianco, in quello stanzino dove aveva pensato tanto a lei? E quella creatura che stava per nascere?... Quella creatura... quando sarebbe nata? Da quanto tempo Elena non era più sua? Sino a qual punto s'era data ad altri? Avea dato soltanto il cuore? la testa? Ella aveva avuto sempre una testolina leggiera, ma il cuore buono. Se ella non fosse colpevole d'altro che di una leggerezza! Ah! come era terribile quella lettera immobile sulla scrivania, con quel nome scritto dalla mano elegante e tranquilla di Elena! Se ella potesse dire che Elena non era colpevole d'altro che di una leggerezza!...

Allora si mise a piangere, coi pugni sugli occhi, come un bambino, soffocando i singhiozzi col fazzoletto perché la serva era ancora là, si udiva spolverare e strascicar le ciabatte per la casa. Ella indugiava ad arte, stava a spiarlo. A quell'idea un impeto di collera l'assalse, andò in traccia di una mazza per correre a bastonarla, si aggirava muto e furibondo per lo stanzino. Ma tornò a sedersi, colle mani nei capelli, gli occhi ardenti e fissi, i denti stretti. « Bisogna esser calmi! » balbettava. « Bisogna esser calmi! » Si asciugò gli occhi ed il viso. Stette alquanto immobile, poi tornò a mettere il capo nel corridoio, a domandarle se potesse uscire finalmente. « Bisogna schiumare il brodo per la padrona » rispondeva la donna dalla cucina. « La padrona non si sente bene. Non posso lasciarla sola. »

« Ah! » mugolava il disgraziato mordendosi i pugni, come una bestia feroce. « Mi par d'impazzire! mi par d'impazzire! Cosa le ho fatto a questa infame donna? Perché mi tormenta così? Come gode del mio supplizio! Ella sa tutto, ella potrebbe dirmi tutto quello che vorrei sapere a costo della vita... Ella andrà a dirlo alla fruttivendola e al calzolaio qui sotto appena lascerà questa casa, ma non a me! Andrà a ridere con loro delle mie smanie. Bisogna fingere per costei che non riescirò ad illudere. Bisognerebbe mostrarmi al vicinato insieme all'Elena, uniti come prima!... Come prima!... »

I suoi occhi caddero nuovamente sulla lettera implacabile. Se quella lettera potesse smentire in parte i suoi sospetti! Una lettera! cos'è infine? Delle parole. « Vi amo. » Che cos'era quella fredda parola di confronto di ciò che l'Elena aveva sentito per lui, in quella stessa casa, uniti per tutta la vita, senza un pensiero che non fosse comune? Che cos'era l'amore di lei per quell'uomo se lo poteva dissimulare? Che cos'era questa passione di un mese o due, nascosta, vergognosa, in cambio di quella che ella aveva concesso a lui, per sempre, intera, alla luce del sole? Come amava quell'uomo che lasciava partire? ella che aveva abbandonato casa e genitori per darsi a lui, per darglisi vergine, per affidargli non solo il suo cuore, ma anche la sua esistenza? E pensava al dolore che avevano dovuto provare i genitori quand'egli l'aveva rapita. Anch'essi si erano calmati col tempo, le avevano perdonato, s'erano rappaciati con lui. Ora non ci pensavano più. E pensava se un giorno anche egli avrebbe obliato il dolore acuto che gli straziava il cuore in quel momento. Se sarebbe tornato ad accompagnare l'Elena in via Foria dandole il braccio, sentendola appoggiarsi a lui. Allora gli mancava la forza di andare ad affrontare su due piedi il terribile enigma.

In quel momento istesso ella era lì accanto, nella sua camera, la vedeva sdraiata sulla poltrona, colla sua aria abitualmente stanca ed infastidita, che si mutava in un'inquietudine vaga all'entrare di lui, in un pallore minaccioso. E se egli sospettava a torto? S'ella fosse innocente? Se quella lettera lo provasse? Ella non gli avrebbe perdonato giammai! giammai? Tutto sarebbe finito fra di loro, da un momento all'altro, per sempre! O se invece era colpevole non avrebbe negato risolutamente? Non avrebbe sconfessata la lettera? e quando egli si fosse spinto a metterglielo dinanzi agli occhi, a mortificarla coll'evidenza, tutto non sarebbe egualmente finito fra di loro? A lei non sarebbe rimasta in fondo al cuore la spina di quel torto che aveva dovuto farsi perdonare da lui? Ella si sarebbe acconciata a riconquistare, a poco a poco, l'affetto di suo marito che l'amava sempre? Sì, l'amava il disgraziato! Avrebbe voluto ignorare ancora tutto come due ore innanzi! Vivere come prima, a costo di essere ingannato! Almeno dubitare ancora, non aver la certezza che tutta la sua felicità gli era crollata addosso.

Egli ritardava col pensiero il momento di quella prova terribile, come il malato che a rischio della vita supplica il chirurgo di sospendere per un giorno l'operazione che deve subire. Si persuase che era meglio aspettare che la serva fosse uscita. Giunse a temere che ella non si affacciasse all'uscio, colla sporta al braccio per dirgli: « Vado! ». Ebbe paura all'idea di rimaner solo colla moglie. Uscì pian piano di casa, con quel martello in testa, quella punta acuta in cuore, camminando rasente al muro per non esser visto dal calzolaio o dalla fruttivendola. Andò a sedersi su quel banco solitario della Villa, a piangere di nuovo, lungamente, nel fazzoletto. Gli toccava nascondere le lagrime, perché ognuno avrebbe riso del suo dolore.

Chi ne avrebbe avuto compassione? chi ci avrebbe creduto? chi avrebbe creduto che egli potesse amare adesso più che mai sua moglie, e piangere non di collera, ma di angoscia? Egli rifece le strade per le quali soleva passare coll'Elena, andò a guardare da lontano la sua casetta ancora tranquilla, bianca di sole, nella quale nulla sembrava cambiato. Le finestre stavano aperte come al solito, e il sole vi rideva sopra. Infine si risolvette a rincasare. Era già l'ora del desinare. Elena doveva aspettarlo. Cosa avrebbe risposto se ella domandava il motivo del suo ritardo? Cosa avrebbe fatto se l'avesse guardato in faccia? Dalla cucina veniva un buon odore appetitoso. La tavola era imbandita. Elena l'aspettava infatti leggicchiando; gli disse soltanto che trovava la minestra fredda. Il marito si mise a mangiare avidamente, cogli occhi sul piatto, fingendo di avere una gran fame, cercando di prolungare il pranzo per ritardare l'ora in cui la serva avrebbe sparecchiato e li avrebbe lasciati soli faccia a faccia, coi gomiti sulla tavola.

Elena era tranquilla come al solito. Di tanto in tanto suo marito trasaliva all'udire la sua voce calma, incontrandone a caso gli sguardi sereni. Sentiva per istinto che la dissimulazione che si era imposto sin allora gli toglieva gran parte della sua forza, diminuiva la sua parte di diritto, lo avvinceva a poco a poco alla rassegnazione. Se Elena sapeva che la sua lettera era in mano di lui fin dalla mattina, come dirle che aveva aspettato tanto tempo con quella ferita nel cuore? come parlava della sua collera e della sua gelosia, che aveva saputo far tacere quando dovevano essere più vive? La serva sparecchiava, gli levava i tondi di sotto le mani, e il tovagliuolo dalle ginocchia, che egli era ancora a tagliuzzare le buccie delle pesche. Elena era andata sul balcone. Di lì a un istante rientrò annunziando che arrivavano donn'Anna e la Camilla. Cesare mise un respiro lungo.

La sera passò triste, malgrado il cicaleccio imperturbabile di donn'Anna, la calma serena di Camilla, lo scricchiolìo delle scarpe del cugino, le divagazioni assurde di don Liborio il quale venne a riprendere la famiglia sul tardi.

Si sentiva vagamente una preoccupazione comune, un'inquietudine indefinibile che li impacciava gli uni di faccia agli altri, e li costringeva a stare insieme. Cesare pensava: "Quando saremo soli..." e allontanava col desiderio quel momento. Si sentiva agghiacciare il cuore ogni volta che la conversazione accennava a languire. Finalmente tutta la famiglia si alzò e stettero un gran quarto d'ora a mettersi i cappelli e a darsi la buona notte in anticamera. La serva andò a far lume sulle scale. Cesare disse fra sé: "Lasciamo andare a letto la serva".

Essa tornò colla bugìa in mano, chiuse l'uscio, andava e veniva sonnecchiosa per le stanze, mettendo in ordine ogni cosa per la notte. Quando si ritirò finalmente nel suo camerino Elena era già a letto. Cesare aspettò ancora qualche tempo dietro l'uscio che tutti i rumori della casa tacessero. Gli pareva in quel momento che stesse cercando le parole colle quali doveva incominciare, spiegare il motivo in cui s'era taciuto sino a quell'ora; tutte le angoscie che aveva sofferto dal mattino, tutte le gioie che gli si erano mutate in dolore gli tornavano vive alla memoria, ad una ad una, là davanti a quello stesso uscio, in quella stessa camera dove Elena aveva abbandonata la testolina bruna sull'omero di lui. Egli pianse lungamente, amaramente, colla fronte sullo stipite, con un tremito di tutta la persona, soffocando i singhiozzi perché Elena non udisse. Ella non doveva udire, non poteva nemmeno piangere dinanzi a lei, sfogare sui suoi ginocchi l'immensa sua angoscia. Era il marito che non è più amato, di cui le lagrime sono ridicole.

Quando si sentì gli occhi secchi sulle guance asciutte, dischiuse dolcemente l'uscio. Elena dormiva col respiro leggiero da bambina, colla testa bruna posata sul braccio candido, coi suoi folti capelli neri che facevano una grande ombra sul guanciale. Il poveretto sospirò un'altra volta dal profondo delle viscere, con un senso di angoscioso sollievo.

Domani! Bisogna aspettare a domani. Domani sarebbe stato più calmo e più chiaroveggente. Giacché aveva aspettato sino allora, poteva aspettare ancora sino al domani, e farle comprendere che agiva senza precipitazione e dopo matura riflessione. Una notte passa presto. Però che notte! in quello studiolo! colla testa fra le mani! Quanti pensieri, quanti ricordi, quante visioni, quanti sogni!

Se Elena venisse a cercarlo inquieta di non averlo sentito andare a letto nella camera accanto? Se ella aprisse l'uscio dello studiolo! Se ella avesse indovinato tutto, e venisse a dirgli: « Guarda, sono innocente »? Oppure: « Ti amo ancora, ti ho sempre amato. Perdonami! ». Perdonami?...

Che alba scolorita e triste imbiancava i vetri del balcone! Un altro giorno che incominciava! Un altro giorno come il giorno passato! collo stesso dolore, colla medesima irresolutezza, senza il conforto terribile di poter dire: È finito! tutto è finito! Quando avrebbe potuto dire che era finito? Mai! mai! Anche se avesse avuto il coraggio di affrontare quella scena terribile coll'Elena, tutto non sarebbe finito! Anche se ella fosse fuggita via, anche se l'avesse scacciata di casa, tutto non sarebbe finito! anche se ella gli avesse detto: « Sì, è vero; non ti amo più! ». Ella viveva ancora, quella che gli faceva trasalire le viscere col suono della voce, che gli scendeva nell'animo collo sguardo; quella che aveva i capelli folti e neri, le braccia bianche, le sopracciglia folte, quella pozzetta sulle guancie quando sorrideva, quel viso, quella mano che aveva infilato nel suo il braccio tremante, la sera in cui l'aveva guardato con quegli occhi luminosi, che gli aveva presa la fronte fra le mani per baciarlo, che aveva passeggiato con lui sotto gli aranci della Rosamarina, che sino all'altro giorno appoggiava la fronte pallida al balcone e lo guardava, che recava nelle viscere una parte di lui. – Ah! s'ella fosse morta, s'egli l'avesse vista la sera innanzi per l'ultima volta colla gran macchia dei capelli neri sul guanciale, cogli occhi chiusi! s'egli le avesse incrociato le mani sul petto per sempre, lui solo! e avesse potuto baciarla in fronte colla certezza che mai in quella fronte non c'era stato posto per altri baci, mai un pensiero che per lui non fosse! Il sole entrava dal balcone, gaio, sereno, nello stanzino bianco e arioso. Rivide i bei giorni di miseria ivi passati, l'alba che lo sorprendeva nel fare delle copie per gli avvocati, e l'Elena che dormiva lì presso senza saperne nulla. Aprì il balcone che dava sul mare luccicante. Qualche viaggiatore arrivava dalla Immacolatella carico di sacche da viaggio; alcuni cocchieri provavano dei cavalli; delle barchette svoltavano lente lente la lanterna del molo, laggiù, dove il mare s'increspava e bolliva in spuma d'oro e d'argento. Dappertutto saliva un'aria di calma e di serenità che gli stringeva il cuore e a poco a poco l'attirava, l'addormentava, l'istupidiva.

Erano appena le sei; Elena dormiva ancora, anzi non si soleva levare prima delle nove. Ci volevano ancora tre ore. Cesare sentì il bisogno di escire a prendere una boccata d'aria, e far quattro passi. Quando ritornò, Elena aveva già fatto apparecchiare la colazione nella sua camera, perché non si sentiva bene. Ella era pallida, sembrava stanca, si strascinava lentamente coi capelli ancora disfatti su di una lunga veste di camera slacciata. Senza che egli glielo avesse chiesto gli disse:

« Sono indisposta, ma non è nulla. Un po' di stanchezza. Ho dormito poco in questi giorni... Bisogna aspettarselo ».

Non mangiò quasi a colazione, sembrava che a tavola ci stesse per far compagnia al marito. Dopo sparecchiato si sdraiò sulla poltrona, rifinita, e lui non osò lasciarla sola mentre la donna si affaccendava ancora per la camera. Entrambi cercavano gli argomenti per scambiare qualche parola breve e fredda.

Così trascorsero parecchi giorni. Col tempo, il primo impeto di dolore disperato che sembrava collera, andava mutandosi in una tristezza desolata e taciturna. Un giorno verso sera, arrivò donn'Anna, tutta scalmanata, collo scialle giù per la schiena, facendosi accompagnare stavolta da Roberto. Nella notte Elena diede alla luce una bambina. Il marito che aveva atteso nella stanza accanto, trasalendo dall'intimo delle viscere ad ogni lamento soffocato che si udiva, allorché aprirono l'uscio si sentì balzare il cuore alla gola in un sol palpito. Egli si accostò al letto di sua moglie, sgomento, con un gran tumulto di pensieri e di affetti in cuore. Elena, abbattuta, col viso bianco, pareva non ci avesse più una sola goccia di sangue nelle vene. Come la chiamavano con voce carezzevole ella voltò il capo dall'altra parte, con quell'espressione di disgusto, di dispetto infantile che hanno certi ammalati, senza aprire gli occhi. Le sole parole che disse furono:

« Lasciatemi stare! Lasciatemi stare! ».

La bambina l'avevano messa da parte, come un mucchio di biancheria. La madre, in silenzio, aveva interrogato la levatrice con uno sguardo ansioso e febbrile, ma nel sentirsi rispondere la magra consolazione: « Una bella bambina », aveva richiuso gli occhi con quella stessa aria di noia, di stanchezza e di fastidio.

Don Liborio era corso a prendere la Camilla. Donn'Anna affaccendata s'era impadronita della bambina, la portava in trionfo, tornava a posarla sul guanciale accanto all'Elena per fargliela vedere. Questa finalmente aprì gli occhi a stento, e le rivolse uno sguardo stanco.

« Sarà bella come un amore! » esclamò la nonna. Elena rispose con un movimento delle spalle che fece smuovere le coperte, e mormorò, richiudendo gli occhi:

« A che giova?... »

Il povero marito ne fu mortificato, quasi quelle parole fossero rivolte a lui. Egli non osava fiatare e si sentiva estraneo in mezzo a tutta quella gente che riempiva la sua casa, donn'Anna, il suocero, Camilla, Roberto, si lasciava scacciare a poco a poco fuori della camera, dalla suocera, dalla levatrice, dalla serva che si affaccendavano intorno al letto di Elena. Andò ad attendere nel salotto, insieme al suocero che chiacchierava con Roberto sul canapè. Di tanto in tanto Camilla veniva a dire qualche parola al cugino sotto voce, e tutti e due scomparivano nel terrazzino; e il babbo aspettava sbadigliando, colle mani sul bastone. L'alba cominciava ad imbiancare nella piazza. Infine donn'Anna venne col cappello in testa ad annunziare che Elena stava riposando. Roberto diede il braccio a Camilla, e tutti se ne andarono.

Rimase solo colla moglie, la quale aveva le mani e il viso bianchi come la tela su cui posavano, assopita in un sonno penoso che di tanto in tanto la faceva riscuotere con un gemito soffocato, senza aprire gli occhi. Il medico non si era mostrato del tutto tranquillo, ed era tornato due volte nella giornata. Cesare solo spiava ansiosamente il volto e le parole di lui. Donn'Anna, Camilla, tutta la famiglia, andavano e venivano senza sospettar di nulla, empivano di frastuono e di via vai tutta la casa. Elena aveva un moto doloroso della fisonomia per esprimere il male che le arrecavano i più lievi rumori, un voltar la testa pallida dall'altra parte, una contrazione delle sopracciglia sulle palpebre chiuse, uno stringer di labbra. Soltanto allorché il marito si chinava sul letto per dirle sottovoce di bere una tazza di brodo o di prendere una medicina, apriva gli occhi, lo guardava con una specie di meraviglia, lo seguiva collo sguardo mentre egli andava e veniva per la stanza in punta di piedi, con rara sollecitudine, delicata e femminea. Allorquando si svegliava di soprassalto dal suo corto sonnecchiare, lo vedeva sempre là, sulla poltroncina ai piedi del letto, che si alzava pian piano, e si accostava per domandarle all'orecchio come si sentisse. Molte volte, in quelle tristi veglie, al lume della lampada notturna che lasciava il letto nell'ombra, dinanzi a quella forma indistinta di cui non si udiva neppure un soffio, di cui spiccavano solo i capelli bruni, e le ombre vaghe del viso, Cesare fu assalito da un pauroso presentimento, da un terrore superstizioso che gli agghiacciava il sangue nelle vene, al pensare che in un momento di disperato dolore egli aveva invocata la morte, la morte per sé o per lei, non sapeva per chi. Allora tutta la sua collera, tutta la sua angoscia si fondeva in un'altra angoscia sorda e molle, in una tenerezza cieca e disperata che gli avrebbe fatto afferrare piangendo quelle mani lunghe e bianche posate sulle lenzuola, se non avesse temuto di destarla. Ella, quando si sentiva un po' meglio, lo guardava con quegli occhi pieni di febbre, troppo finita per poter parlare, o come se non avesse osato farlo, quasi volesse domandargli perdono del male che gli aveva fatto, con certa serenità carezzevole di bestia malefica, inconscia ed irresponsabile, con un sorriso melanconico, stendendogli le mani pallide. In quei momenti ei le leggeva sino in fondo all'anima, attraverso quegli occhi limpidi, e pensava che ella gli aveva dilaniato il cuore senza sospettare di fargli male, al pari del fanciullo che tortura un uccelletto. S'egli avesse avuto l'ispirazione di parlarle in questo senso Elena forse avrebbe pianto con lui. Ora, pensava lui, era tardi. Ora bisogna distruggere e dimenticare persino quella lettera fatale, e ricominciare un'altra vita di intimità e d'affetto per riconquistare quel cuore a furia d'abnegazione e di sacrifici, col dimostrarle che le si abbandonava tutto intero, fiducioso e dimentico di quel ch'era stato.

Un attimo in cui il medico aveva detto finalmente che non c'era più bisogno di lui, e l'Elena appoggiata a un monte di guanciali sorrideva del suo sorriso pallido, in mezzo a tutti i suoi parenti, ei domandò:

« Vuoi vedere la Barbara? ».

« Che Barbara? »

« Nostra figlia. »

« Vuoi chiamarla Barbara? Ah, è vero. È il nome di tua madre. Ma non è bello; del resto fa come vuoi. »

La mamma, che aveva i suoi pregiudizìi a questo riguardo, e sapeva che se c'è due dello stesso nome nella famiglia il più vecchio se ne va per cedere il posto, conchiuse:

« Bisogna trovare un bel nome per la piccina; un nome di buon augurio; Fortunata. per esempio! ».

« Aurelia! » suggerì Camilla.

« Barbara! » sentenziò don Liborio. « Il primo nato deve portare un nome dei genitori del marito, il secondo quello dei genitori della moglie, e così di seguito per tutta la parentela. »

« Grazie tante! » esclamò Elena alzando la voce per la prima volta. « Quanto a me mi fermo alla Barbara! »

XII

Nel salottino color d'oro, alla luce tranquilla della lampada, Elena, inginocchiata sul tappeto, si trastullava colla sua bambina come fosse ridivenuta bambina anch'essa. La spogliava per rivestirla a modo suo, si divertiva a vederla agitare le gambucce e a baciarle i piedini color di rosa, sembrava invasa da impeti di frenesia al sentirla galloriare, quasi la Barberina prendesse parte alla festa, colle manine tese e brancicanti, cogli occhietti ancora vaghi e senza sguardo; si slanciava su di lei come volesse soffocarla colle carezze, e la baciava con una specie di furore amoroso. Di tanto in tanto si arrestava, anelante, seduta sulle calcagna, lisciandosi i capelli sulla fronte, per riprender fiato, e balbettava al marito:

« Guarda! guarda! che amore! ».

Poi se la pigliava al seno, nudo, per sentirsi fra le braccia tutta la sua creatura, andava a mettersi dinanzi allo specchio, discingendosi con arte, acconciandosi sul capo un fazzoletto rosso a guisa di quelle Madonne che aveva viste dipinte, assorta in un'ammirazione così ingenua della sua bellezza sensuale che diceva di allattar lei la bimba, e non voleva la toccassero altre mani.

La maternità era un'altra maniera di espandersi della sua sensualità sottile, dell'ambizione, della leggerezza, della bizzarria che c'era nel suo temperamento. Il marito, lì davanti, colle sue cartacce sotto il braccio, col viso pallido dalla fatica, col sorriso distratto, non aveva nulla di artistico agli occhi di tal moglie, nulla di teatralmente affettuoso. Per poco non gli rimproverava:

« Tu non le vuoi bene alla Barberina! ».

In lui tutto era modesto: il lavoro, la tenerezza, la generosità delicata. Quando facevano dei progetti per l'avvenire della bimba, dei castelli in aria, quelli di Elena erano sempre i più belli e i più pittoreschi. Parlava di cercare una bambinaia inglese, e una istitutrice toscana, maestri di musica, di disegno, di lingua, che so io. Una volta lanciata, rifaceva colla figliuola i fantastici progetti della sua giovinezza, che non si erano realizzati. Cesare non osava però rompere con una parola quelle divagazioni sfrenate dell'immaginazione, sorrideva dolcemente, quasi per richiamarla alla realtà. Ma in cuor suo si sentiva delle vaghe angoscie, come l'eco dei colori che quelle illusioni gli erano costate.

Però le sue inquietudini si calmavano alla luce blanda di quella lampada, fra quelle note pareti, al cinguettìo infantile di quelle due voci adorate. E ripeteva dentro di sé: « È una bambina anch'essa! » e glielo diceva anche col suo sorriso un po' triste, accarezzandole colla mano la testolina bruna allo stesso modo che accarezzava la testolina bionda della figliuoletta: « Bambina! bambina mia! Tu sei ancora una bambina ».

E sentiva una dolcezza melanconica, una specie di conforto al pensare che la sua Elena era così giovane od inesperta, da non accorgersi quasi del male che poteva fare, ch'egli era il suo protettore e la sua guida, e se pure un momento ella si era smarrita per correre dietro il suo cervellino romantico, la colpa era di lui, che non era stato abbastanza prudente, né abbastanza forte. Il sentimento della propria debolezza era il suo maggiore tormento. Gli pareva di diffidare della moglie perché diffidava di se stesso. Si attaccava tanto più a lei quanto meno si sentiva a livello di quel carattere energico e risoluto. Egli era la donna, l'amante, senz'altra forza che la devozione, l'abnegazione, il sagrificio. Ma quante cose non gli aveva sacrificato l'Elena! Quanti pensieri gli tornavano in mente mentre accarezzava la testa di Elena! ed uno, il più doloroso di tutti, che non si presentava mai nettamente, ma gli offuscava, gli avvelenava ogni gioia, se Elena gli fissava gli occhi addosso, se gli rideva, se nella voce di lei sentiva un'intonazione più dolce, s'ella chinava il capo sotto la sua carezza come una colomba innamorata! No! no! era impossibile che quella colomba avesse guardato un altro così! che gli avesse parlato in tal modo!

Era una bambina! Era una bambina!

Allora posava la testa sulle spalle di Elena, la cingeva colle braccia, come per proteggerla, le parlava della figliuola per metter questa fra il presente e il passato.

« L'importante è d'impararle ad essere felice, la povera creaturina, a contentarsi del suo stato. Non è vero, Elena? Quando si è contenti del proprio stato si è felici. Noi non siamo ricchi. Abbiamo avuto dei guai tanti! Ti ricordi, povera Elena? Ma ora son finiti. Non è vero che son finiti?... Dimmi, sei felice anche te? »

Elena diceva di sì col capo, cogli occhi, colle carezze, coi baci... Poscia tornava a baciucchiare la sua bambina, e a sballottarsela fra le braccia. Giurava che oramai apparteneva alla sua creatura, nient'altro.

L'unica vanità d'Elena era di mostrare la sua creaturina alla mamma, alla sorella, alle amiche che venivano a trovarla, il visino roseo, nella cuffietta di pizzo, quel corpicino infagottato in una lunga vesticciuola ricamata, se la conduceva a spasso, sulle braccia della balia in gala. Avrebbe voluto adornarla tutti i giorni a nuovo, come una pupattola, avere anche lei per la sua bimba una balia dal costume pittoresco, colle spalline d'oro, tutta ricami e gale di nastri. Mentre componeva allo specchio un quadretto di genere, colla bambina al seno, drappeggiandosi lo scialletto sulle spalle, con un fazzoletto a colori vivi acconciato sul capo artisticamente, cominciò a provarsi di nuovo i cappellini impennacchiati, le vesti alquanto passate di moda. Rivide il sorriso agro delle amiche, e le occhiate insistenti degli ammiratori. A poco a poco la bimba che strillava sempre, che le sgualciva il vestito, che le pigliava tutto il tempo, fu lasciata alla balia. Elena tornò alle sue visite, ai suoi concerti della Filarmonica, alla messa delle due, la domenica, prima di passare davanti al Caffè d'Europa, e prima d'andare a fare la passeggiata alla Villa, dalle quattro alle cinque. Il marito fu persuaso che il suo studio ingombrava il quartiere, e lo trasportò al piano di sopra. Nelle due stanze un tappezziere allogò a credenza tutta la sua roba vecchia, in un disordine artificioso e pieno di pretese suggerito dall'Elena. Fu preso un altro domestico pel

venerdì, canuto, maestoso, accuratamente raso, che aveva
l'aria di aver fatto ballare sulle sue ginocchia la padrona.
Gli intimi della casa si erano aumentati prodigiosamente.
Le serate musicali della signora Elena erano affollate di
baronesse e di marchese più o meno decadute, di signore
senza titolo ma che davano il tono alla moda, di uomini
tutti della miglior società che potevano parlare sul serio
delle loro relazioni aristocratiche, e venivano davvero da
casa B. e dalla duchessa C. colle violette all'occhiello, e
il cappello a molle sotto il braccio, a fare il loro dito di
corte alla signora Elena, il crocchio attorno alla poltrona
di lei, in aria di amabile confidenza, con quella disinvolta
cortesia che ha in ogni parola, in ogni atto, in ogni in-
flessione di voce, delle sfumature finissime di alterigia, che
affascina le donne, fa imporporare di sdegno la fronte degli uomini che ne sono feriti senza esserne presi di mira, e
umilia i timidi e i delicati. Essi mostravano di non accorgersi se mancava qualche cosa nel servizio, se il domestico
che doveva aver l'aria per bene commetteva qualche goffaggine, se il padrone di casa era più timido dei suoi invi-
tati. Ma Elena arrossiva, si sentiva avviluppare da un certo
impaccio anche lei, perdeva la sua disinvoltura nella preoccupazione continua di non esser ridicola per colpa altrui. Il
marito che non aveva avuto il coraggio di opporsi a quel
nuovo tenore di vita, si eclissava spontaneamente per la
sua riserbatezza abituale, ed anche per un certo amor proprio fine ed ombroso il quale gli faceva evitare dei con-
trasti umilianti che indovinava per istinto. Egli voleva
solo che Elena fosse felice, e dopo tutti i guai che avevano
passati insieme, e nei quali gli pareva che avessero avuto
una gran parte gli stenti attraverso i quali erano passati,
gli pareva ora di dovere a lei quel compenso; credeva di
riattaccarsela più strettamente colle soddisfazioni e coi
divertimenti che le procurava per mezzo del suo lavoro.
Ella avrebbe detto: « C'è lì in un angolo, nascosto, non-
curato, un uomo a cui devo questo lusso, queste feste, questi omaggi ». Contava sulla gratitudine per rinsaldare l'affetto che vedeva vacillare negli sguardi distratti di lei. Gli
amici che bevevano il suo thè e logoravano i suoi tappeti
non lo conoscevano quasi. Il tono elegante della moglie,
senza volerlo, lo allontanava da lei. Le grandi maniere che

Elena scimmiottava per tenersi a livello della sua società, e che non poteva cambiare da un momento all'altro, come i servitori a giornata spogliavano la livrea e spegnevano i lumi, allargavano sempre più quella specie di separazione fra marito e moglie. Egli tornava a casa stanco, disfatto, quando Elena usciva dal suo spogliatoio vaporosa ed elegante come una figura da giornale di mode. Ella gli domandava affrettatamente se avesse bisogno di qualche cosa, suonava per chiamargli la serva. Si lagnava « Dio mio! a quest'ora! Con tanta gente che ci ho! ». Trovava alle volte qualche minuto per sparire fra due usci, e andava a mettere la sua testolina ornata di rose purpuree o di camelie nel vano del suo uscio, dicendogli: « Non vieni un momento? Un momento solo! per farti vedere e non aver l'aria di non so che ». Poi la mattina, stanca, assonnata, tornando dal teatro, o dal ballo, o dalle serate di musica, si lasciava accarezzare, sbadatamente, impazientandosi se egli le intrigava un nodo, o le strappava una forcellina. « Dio mio! Dio mio! Tu non sai come sono stanca! Tu ti alzi adesso! E la bimba? ha pianto? Perché non sei passato da casa Galli, un momento, per farti vedere? Che sonno! lasciami dormire! »

Ma lui colla sua tacita devozione, colla sua generosità ignorata, coi suoi servizi senza pompa, col suo aspetto modesto, non poteva appagare il bisogno irrequieto di emozioni vietate, il sentimentalismo isterico, le tentazioni malsane, che la complicità di una vita facile doveva sviluppare ed irritare in Elena. Ella si creava ingenuamente delle sofferenze ideali, si atteggiava da incompresa, da vittima, nel tempo stesso che godeva il frutto di quei sacrifici ignorati.

Cercava ancora il sogno della sua giovinezza delusa, ma rimaneva inespugnabile in mezzo a tutto un avvicendarsi di intrighi galanti, e di scandali color di rosa. Prima fu un poeta che la ispirò. Una gloria futura, che scriveva dei versi – a Lei!, « a *Te sola!* », a « *Te che sai!* » colle sopracciglia aggrottate, e la destra nello sparato del panciotto, ritto su di un piede come un gallo, in mezzo alle dame che stralunavano gli occhi onde far credere ciascuna di esser *lei, la sola, quella che sapeva*. Elena aveva voluto avere anche lei nel suo salotto quel cappone dalle penne di fagiano. Leggevano insieme de Musset e Heine, contraffacendo il ghigno satanico. Egli s'era spinto sino a tollerare Stecchetti per parlarle delle *carni bianche*, dei *baci dietro la veletta*.

Ella rimaneva assorta, sprofondata nella gran poltrona di velluto nero, col libro sulle ginocchia, le labbra scolorite, gli occhi vaghi ed erranti in cerca delle larve che creava ella stessa. La bambinaia le irritava continuamente i nervi, una volta al giorno, cogli strilli della Barberina, strilli che la mamma non poteva soffrire. « Mio Dio! mio Dio! Son queste le gioie della maternità? » E si metteva la testa fra le palme, disperata, con un arsenale di boccettine e di sali a portata di mano.

Di tanto in tanto donn'Anna, ansante dall'adipe, saliva la scala di marmo, e veniva a sfogarsi colla figliuola, regalandole anch'essa il racconto di suoi guai, – don Liborio che correva dietro le donne, Roberto che non otteneva più l'avanzamento, Camilla che non si maritava mai. « Gran disgrazia! » rispondeva Elena. « Col poco che ha Roberto, bella prospettiva, quel matrimonio! Lasciateli in pace, mamma! Quando non si hanno almeno centomila lire di entrata, è meglio restar a casa. »

« A te cosa ti manca? Di', cosa ti manca? »

« Nulla! » rispondeva Elena.

Cesare, sopraffatto dal lavoro, era felice allorché poteva rubare qualche minuto alle sue occupazioni, e veniva a sederlesi accanto, modestamente orgoglioso del benessere che le procurava, timidamente affettuoso. Le parlava dei suoi progetti, della loro bambina, di tutte quelle cose che gli sembravano altrettanti legami fra di loro. Come la vedeva distratta e indifferente, le chiedeva anch'esso:

« Che hai? Cosa desideri? ».

« Nulla » rispondeva Elena.

Egli si sentiva stringere il cuore a quella parola, all'aria di quel viso, al tono di quella voce. Tornavano ad assalirlo suo malgrado dei sospetti angosciosi, delle memorie tristissime, una amara inquietudine che lo tentava, lo spingeva a cercare di leggere negli occhi e sulla fronte di lei.

No! no! Egli se ne accusava internamente e gliene domandava perdono. Non voleva cercare in quegli abissi del cuore dove si snodano inesorabili e feroci tutte le serpi della gelosia. Non voleva dubitare di lei, non voleva soffrire come aveva sofferto. Non voleva passare quelle notti insonni accanto al suo capezzale, e quei giorni di sole implacabile. Ella era stata fantastica, leggera anche, ma colpevole no! Lo dimostrava l'imprudenza stessa di quella lettera, il non saper dissimulare, la sincerità delle sue stranezze. Follìe della mente, null'altro. Ella viveva troppo in quell'atmosfera artificiale delle sue letture romanzesche. La lettera a Cataldi era stata l'episodio di un romanzetto da educanda. Ora era entrata nella vita vera, era madre, era troppo altera per non pensare a sua figlia. Poi era troppo circondata, troppo adulata. L'esuberanza morbosa della sua sensibilità avrebbe trovato uno sfogo in quell'esistenza di cui tutte le ore erano prese, ripiene di distrazioni diverse, di allettamenti che si eludevano scambievolmente. Sì, era stata educata come una principessa, don Liborio l'aveva detto. Aveva bisogno di vivere a quel modo, ciò la rialzava nella sua stima stessa, l'avrebbe resa più fiera e invulnerabile, rialzava anche lui, il marito che gliene dava il mezzo. Oltre la sensibilità pericolosa, ella aveva anche nel cuore le delicatezze squisite. Ella avrebbe pensato a Cesare che l'amava come ella voleva essere amata, che viveva solo per lei, pel lusso in cui la faceva brillare, per le gioie che le procurava, che racchiudeva tutta la sua gioia, tutti gli splendori della sua vita, tutte le feste del suo cuore nel sorriso che le stava sul labbro, quando entrava nel suo studiolo, accompagnata dal fruscìo superbo della sua veste, per dirgli: « Ancora alzato? Povero Cesare! ».

Dalle finestre lucenti le ombre nere degli uomini, i profili eleganti delle signore, si allungavano nella queta oscurità del molo, ciangottante del sommesso mormorìo del riflusso, nel formicolìo dei lumicini delle barche ancorate, sotto il cielo alto e stellato. Gli uomini si affollavano sui terrazzini spalancati, dietro le tende trasparenti, sotto la lumiera scintillavano le gemme. Una voce calda e potente cantava al piano la romanza in voga.

La padrona di casa, più bella di tutte nel suo pallore color d'ambra, sembrava volesse ecclissarsi nel fondo della poltrona, colla fronte sulla palma, il bel braccio ignudo dorato dai riflessi di tutta quella luce, quasi sotto il fascino di due occhi ardenti che la fissavano dal vano di un uscio, ostinati, provocatori nella loro insistenza, su di un viso pallido e capelluto che attirava l'attenzione nella severa uniformità di tutti quei vestiti d'etichetta.

« Fategli la carità di rivolgergli un'occhiata, a quel povero Fiandura. »

Elena si strinse nelle spalle, e cercò di sorridere, poiché il duca Aragno non era di quelli cui si può dare dell'insolente. Più tardi, quando la folla cominciò a diradare dalle sale, nel crocchio degli intimi, le dame all'occaso che si arrabattavano in tutti i modi per afferrarsi al mondo che le abbandonava, cominciarono a sussurrare: « Fiandura! Fiandura! Dei versi di Fiandura! » sottovoce, con delle sfumature di sorrisi beati, battendo discretamente in anticipazione le mani inguantate.

Il poeta era arcigno, inflessibile, comprimendo tutte le tempeste del cuore col guanto grigio, scuotendo l'olimpica chioma ad un rifiuto superbo. Allora tutte quelle Muse e quelle Grazie stagionate si rivolsero in coro alla padrona di casa, con gesti supplichevoli, con un interesse ridicolmente esagerato. Elena arrossendo suo malgrado, disse con voce calma:

« Andiamo, Fiandura... per queste signore... ».

Egli rispose con uno sguardo profondo, inarcando i baffetti ad un leggero sorriso, inchinandosi in modo che voleva dire:

« Per voi! per voi sola! » Poi levò al soffitto la fronte ispirata.

Il successo fu enorme. Quelle signore sembravano invase dal demone dell'entusiasmo. Aragno batteva le mani come un ossesso. E il baccano fu tale che all'uscio del salotto comparve il viso sorridente di Cesare, un po' sbattuto e stanco, recante ancora le tracce del suo lavoro ingrato e senza poesia.

« Vedete per chi?!... Vedete per chi?!... » sussurrò il poeta caldo ancora di ispirazione all'orecchio di Elena, seduta in disparte, smarrita nella folla che ingombrava la sua casa, cogli occhi ardenti e vaghi, sul viso smorto. « Per quest'uomo che scrive delle citazioni! ed io che vi porto in cuore come un raggio di sole, come un profumo, come un tormento, devo lasciarvi nel talamo di quest'uomo... Ah!

se sapeste, Elena! quanti sogni, quante follìe! quali tentazioni mi assalgono!... »

« Tacete! » disse ella.

« No! Non posso. Mi sento pazzo, Elena! Vorrei stamparvi in faccia al mondo la stimmate del mio amore! Vorrei morire ai vostri piedi! »

« Tacete! »

« Ah! voi! cuore di marmo! Non sapete quel che ho sofferto! da quanto tempo! Come vi ho invocata! come ho teso le braccia verso di voi! E quante volte!... a mani giunte! quando vi ho scongiurato di accordarmi un'ora di cielo! Quante volte mi è parso di vedervi, la vostra ombra, il vostro fantasma, la vostra aureola, il vostro profumo, nella mia cameretta solitaria! Il rumore del vostro passo per le scale! il fruscìo della vostra veste, la prima vostra parola, il primo sguardo, i primi baci dietro la veletta!... »

« Domani! » balbettò Elena con voce sorda.

XIII

« Oh, i primi baci dietro la veletta! » Ella li aveva dinanzi agli occhi febbrili, mentre saliva trepida e guardinga le rampe del Vasto, col passo leggiero, chiusa nella mantiglia, pallida. Il ciabattino lercio che faceva da portinaio si fece ripetere due volte il nome del suo inquilino, guardandola sfacciatamente, canticchiandole dietro una canzonaccia oscena, che accompagnava picchiando del martello sulla suola, mentre ella saliva rapidamente la scala sudicia e nera, premendosi la mantiglia sul seno ansante, sino a un quinto piano smantellato. Egli l'aspettava dietro l'uscio, più pallido di lei, e nell'anticamera buia, le domandò prima di ogni altra cosa se fosse certa di non essere seguita. Poi le prese la mano per guidarla negli andirivieni dell'andito. Ella non rispondeva, e si lasciava condurre nella vasta cameraccia piena soltanto di sole e di luce. Di là si scorgeva come un panorama il mare, Capri, e un'immensa distesa d'azzurro. Il poeta, trionfante, aveva spalancato il balcone per preparare la messa in scena, la festa del cielo che armonizzava colla festa dei loro cuori, la natura che sorrideva del loro sorriso, tutta la ricchezza di sensazioni delle anime privilegiate, che i ricchi della terra non possono comprare a peso d'oro. Elena volse le spalle a quella luce sfacciata che la imbarazzava, infastidita, irritata.

« Non temere; nessuno può vederti » disse lui, « le case dirimpetto non arrivano al secondo piano. Se no, avrei chiuso il balcone. »

« Sì, chiudete. »

Fiandura indovinò vagamente la goffaggine in cui era caduto, chiuse le imposte, con un'aria misteriosa. Poi corse a buttarsi ai piedi di lei, con uno slancio di tenerezza commovente, benedicendola per la felicità che gli arrecava sotto il suo povero tetto, baciandole il lembo della veste, mormorando con voce melodrammatica: « Grazie, grazie! ».

« Ho fatto male! » diss'ella.

« Male? Ah! la gran parola! la parola di tutti coloro che non hanno mai sofferto, che non hanno amato, che non sanno quanto valga uno di cotesti momenti per certe anime! come uno di cotesti ricordi basti a riempire un'esistenza! »

Qual era il male, per lui, dotato della scintilla divina che rischiara ogni sentimento della sua vera luce, e lo rende etereo? che cos'era il marito, la legge, il mondo, per lui che aveva in cuore tutto l'amore dell'universo, nella sua più sublime essenza? Che cos'era la figlia di Elena per le opere che avrebbe potuto crear lui, ispirato da questo amore, in cui ella avrebbe messo la favilla, il pensiero, il soffio, il fiat? Egli aveva aspettato questo momento dieci anni! Aveva vissuto con questo sogno, aveva avuto sempre là quell'immagine che aveva presentito, aveva atteso colla doppia vista degli spiriti superiori, la sua ispirazione, la sua musa, verso cui aveva steso le braccia supplichevoli nei giorni neri, nei giorni di sconforto, che aveva invocato, che aveva conquistato, che gli apparteneva, era cosa sua, pel diritto che gli dava il suo lungo martirio, il suo amore, l'ispirazione che ella gli avrebbe dato, la gloria che l'attendeva, l'ingegno che metteva ai piedi di lei. Elena, disattenta, con cento pensieri confusi negli occhi, guardava intorno come sbigottita, le pareti nude, la finestra senza tende, il lettuccio basso e piatto, i libracci squinternati, e gli scartafacci polverosi accatastati sulle seggiole in artistico disordine, tutta quella gloria di cartacce sudicie. Ella ritirò vivamente la mano di cui egli voleva impadronirsi.

Allora il poeta, un po' sconcertato, prese a parlare dei suoi versi, degli argomenti che aveva in testa, di quello che voleva fare per rendersi degno di lei, perché ella andasse superba di poter dire, quando la folla pronunziava commossa il nome di lui: « È mio! ».

Si rizzò adagio adagio, poiché le ginocchia gli dolevano, e cominciava a comprendere che era ridicolo il rimanere in quella positura, se ella non lo tirava su fra le sue braccia.

Andò a rintracciare delle poesie che aveva scritto per essa, ispirato dall'amore, in quella stanzuccia tutta vibrante del pensiero di lei. Ella ascoltava, cogli occhi intenti, bramosa di commuoversi alla cadenza melodiosa di quella voce concitata, che suonava come un sermone nel silenzio della vasta camera, isolata sui tetti. Cercava anche lei qualche cosa, una parola adatta, un argomento che non seguitasse a far battere la campagna al pensiero, lontano dalla loro situazione. Trovò soltanto:

« Avete scritto qui... queste cose? »

« Sì » rispose lui « pensando a voi! Qui non giungono altri pensieri, non sale voce umana. Quando apro quelle imposte vedo soltanto dinanzi a me il mare immenso, e mi basta. È l'alloggio di un uccello solitario. Ve l'avevo detto. »

« È un po' alto » osservò Elena.

« Ha il vantaggio di non esserci vicini curiosi e importuni. Mi piace la mia libertà. Anzi posso ricevere chi voglio senza che nessuno se ne avvegga. »

« Ah! » diss'ella.

« Elena!... No!... Non quello che pensate! Qui non ha messo il piede nessun'altra donna. »

« Ah! »

« Mi credete? Credete che allorquando si ha il cuore e la mente pieni della vostra immagine è impossibile profanarla!... Mi credete che dacché vi conosco, dacché vi siete impadronita di tutto l'essere mio, mai un pensiero... mai un atto... Elena!... »

« No! » esclamò Elena bruscamente tirandosi indietro. « No, Fiandura... Non mi fate pentire di essere venuta!... »

« Perdonatemi, Elena! son pazzo! È che vi amo come un pazzo! » Elena gli abbandonò la mano. Allora il poeta, incoraggiato, continuò: « Se sapeste come vi amo! Se potessi mostrarvi il cuore delirante per voi! Se potessi dirvi le parole con cui vi ho invocata! se potessi narrarvi le notti insonni, i giorni desolati, le febbri, quel che sento a una vostra parola, quel che è per me un vostro sguardo, quel che provo a un vostro sorriso, un gesto, il fruscìo della vostra veste, il profumo dei vostri guanti! Quando vi vedo nelle vostre sale, circondata, corteggiata, adulata... comprimendo l'angoscia nel petto!... E come son geloso di tutti, delle ore in cui non vi vedo, delle case in cui non posso seguirvi, delle parole che vi dicono, degli uomini che discorrono con voi, dell'aria che respirate, del vostro passato... »

Elena levò il capo con tal moto improvviso che gli tagliò netta la parola.

« Oh! » mormorò ella amaramente col volto in fiamme.
« Che cosa? »
« Nulla! »

Il poeta sconcertato, riprese con fuoco:

« Sì, son geloso di quell'imbecille che si crede in diritto di farvi la corte perché ha un cerotto di corona sul biglietto di visita... »

Elena fece una spallucciata che lo scombussolò completamente. Oramai aveva vuotato il sacco del lirismo melodrammatico e cercava il modo, anche lui, di mettersi in carreggiata. — Quanto era felice, al pensare che ella era là, che era venuta per lui! Come le stava bene quel vestito nero! Perché non si lasciava togliere un guanto? Soltanto cotesto! — Ella diceva di no, imbarazzata anche lei, umiliata di sentirsi ridicola ancor essa. Era tardi, doveva andarsene. — Ancora un istante! Egli aveva bisogno ancora di saziarsi gli occhi ed il cuore di quella visione celeste! Oh! il suo povero tetto! le sue povere gioie! la sua vita deserta! tanti anni! Aveva un mondo di cose da dirle e non le trovava. Si sentiva sbalordito dalla felicità. — A volte Elena gli saettava un'occhiata, rapida, avida anch'essa e pur diffidente, con un sorriso che si agghiacciava sulle labbra. "No! no! Elena! non ancora! Se tu sapessi cos'è questo momento per me! per un cuore di poeta! Ne saresti superba anche tu. Voglio crearti un trono di gloria, voglio eternare in un canto..." E ci tornava con un'insistenza spietata, ingenua, instancabile. Il tempo scorreva rapidamente, sebbene nella stanza non ci fosse neppur l'ombra di quel volgare arnese che lo misura agli intelletti piccini, che regola prosaicamente le occupazioni dei borghesi. Elena guardò il suo orologio, e si rizzò di botto, più seria di com'era venuta, aggiustandosi in furia i nastri del cappello e il lembo della veletta, cercando istintivamente cogli occhi uno specchio. « No! no! è tardi, devo andarmene... »

« Perché siete venuta dunque? » esclamò il poeta lasciandosi vincere dal dispetto.

Elena si tirò indietro bruscamente, completamente trasformata da un istante all'altro, col viso basso, tutto una vampa, i lineamenti contratti, le sopracciglia aggrottate. Poscia gli saettò in faccia un'occhiata che pel poeta fu una rivelazione, un lampo, l'ispirazione di gettarlesi ai piedi un'altra volta, scongiurandola di perdonargli. – Era pazzo, era pazzo d'amore. Aveva persa la testa. Se ella non gli avesse stesa la mano si sarebbe buttato dal balcone, davanti a quell'immensità azzurra. Si sarebbe sfracellato il cranio in mezzo a tutta quella festa di luce.

Elena nervosamente agitata, coi denti stretti, l'occhio smarrito sotto la veletta, aggiustandosi febbrilmente la mantiglia addosso, balbettava:

« Lasciatemi andare! lasciatemi andare! ».

« Ditemi che mi avete perdonato! Elena! Non mi lasciate così! Ditemi che vi rivedrò!... »

« Sì, sì! » ripeteva ella macchinalmente.

« Grazie! Oh! grazie! Quando?... quando vi rivedrò?... »

« Non lo so... non posso dirvelo ora... È tardi... Non ho un minuto di tempo... Vi scriverò... Ci vedremo... »

Egli la seguiva passo passo per l'andito, mogio, a capo basso, inciampando nei mattoni smossi, dietro il passo rapido di lei che sembrava fuggire. Elena chinò il capo nel passare per l'uscio che le era aperto, gettandogli una stretta di mano lenta e una parola che spirò sotto la veletta. Ei rimase sul pianerottolo, col cuore che gli martellava, accompagnando ansioso quella veste nera che si dileguava rapidamente lungo le rampe della scala, quel sogno ambizioso e febbrile che sfumava volgarmente. Quando era per scomparire, col cuore stretto dall'angoscia, le gridò:

« Ricordatevi! ».

Elena abbassò il capo, come se le fosse caduta una tegola addosso, stringendosi nella mantiglia. Il portinaio, tempestando di colpi di martello la suola della ciabatta, le cantò un'altra volta dietro il ritornello osceno.

« Ah! » mormorava Elena fuggendo, colle labbra contratte dal disgusto. « Ah! »

Per la strada incontrò il marito, il quale correva come un cavallo da lavoro su e giù per Napoli, carico d'affari e di preoccupazioni, in mezzo al via vai chiassoso della folla, e fece fermare la carrozzella, tutto felice d'incontrarla, di dirle una buona parola, di mettere un momento la sua immagine leggiadra fra le occupazioni noiose della sua professione.

« Come stai bene! Hai passeggiato molto? Sei rossa in viso. Vuoi che ti accompagni in legno? »

« No, vado qui vicino. Grazie. »

« Sai! per la causa col Demanio, sono in giro dalle otto. Va benone! »

« Addio. »

Egli si sporgeva ancora dal legnetto che correva saltellando sul lastricato per seguire cogli occhi amorosi l'andatura modesta ed elegante della sua Elena, la quale si allontanava frettolosa, rasente al muro, a capo chino, grave del pentimento di una colpa inutile. Cesare invece correva dagli avvocati, dai procuratori, su e giù per le scale dei tribunali, tutto invaso e commosso dal pensiero di lei, onde procurarle quella vita agiata, quei mobili antichi, quei servitori coi capelli bianchi che avevano l'aspetto di averla tenuta a balia. La casa ormai era messa su questo piede, che le amiche intime fossero almeno delle baronesse, e Cesare che pagava tutto si presentasse timidamente nel suo salone, fra le tende di broccato antico, e il duca Aragno desse a ogni cosa il tono, il gusto, il colore, le maniere grandiose che lusingavano la vanità borghese di Elena, le tenevano luogo dei suoi castelli in aria da ragazza, la rialzavano dall'umiliazione che aveva ricevuto dalla sua scappata sino alla soffitta del poeta, completamente obliato. Il duca trionfava colla sua scuderia, col suo sarto, col suo gran nome buttato dall'alto in anticamera, colla gelosia pettegola di una vera dama che faceva parlare di sé tutta Napoli. La tresca col duca era profumata, elegante in un ambiente che raffina la colpa, l'accarezza e l'addormenta con tutte le mollezze, nel velluto, tra i fiori, coi piaceri artificiosi, coi riguardi scambievoli, coll'etichetta inflessibile, con tutte le buone maniere inventate dalla raffinata corruzione per far cadere mollemente l'onore di una donna.

Il poetuccio, geloso per vanità, aveva scritto una satira furibonda contro di *Lei*. « Ti rammenti? » L'elegia erotica e accusatrice. « Ti rammenti, nel salotto color d'oro? –

Ti rammenti, quando venisti a trovarmi nella povera stanzetta? » La povertà tornava bene coll'intonazione piagnolosa. Le allusioni erano trasparenti come il cristallo, i particolari precisi per l'impronta di *intimità* che richiedeva l'argomento. « Ti rammenti il primo bacio, sulla poltrona di velluto nero, ricamato colle tue cifre? e il fazzoletto che dimenticasti nella mia stanza? il profumo che vi lasciasti con esso? il tuo nome dolce al pari di quello della tua greca sorella? Ah! dove l'hai portato adesso quel profumo, traditrice? Nell'alcova principesca! nelle stanze anticipatamente profanate da altri amori volgari. Hai barattato il tuo motto altero *"Tant que vivray autre n'auray"* contro una corona a cinque fioroni, perch'essa t'è parsa più nobile di una fronda d'alloro, e più bella dei vent'anni, e più splendida dei capelli biondi... »

La romanza continuava su questo tono per tre facciate di uno di quei giornaletti grandi quanto un foglio di lettera, che nessuno compra, e che tutti leggono ogni volta che si vitupera un uomo, un libro, o qualche altra cosa in vita. Il marito della *greca donna* seppe in tal modo, un mese dopo, lo scempio turpe che si era fatto del suo onore.

Ma allorquando tentò di lavare la macchia in una maniera qualsiasi, con un colpo di sciabola o di pistola, non trovò per assisterlo un solo di quegli amici che gli stringevano la mano, che gli lasciavano il loro nome alla porta, venendo a far visita a sua moglie, che gliela avrebbero nascosta colla loro persona s'egli l'avesse sorpresa fra le braccia del suo amante, e che in cambio gli avrebbero fatto da testimonio s'egli avesse dovuto battersi per una ballerina o per una cortigiana Il poeta, in cima alle sue *povere stanze*, si drappeggiava superbamente, come nel suo paletò spelato, nella dignità dell'arte, nel sacerdozio della penna. Trinceravasi dietro la irresponsabilità della finzione poetica. Gli amici non osavano insistere onde approfondire *la cosa*. Avevano fretta di levare i piedi da quella mota. Schieravano dinanzi al marito la fama delicata della moglie, l'avvenire della figlioletta, il pericolo di uno scandalo che sarebbe stato pregiudizievole in qualsiasi evento. Citavano *Cesare e sua moglie*. Infine, infine... – E questa gente che si stringe nelle spalle allorché vi sentite spezzare il cuore pel tradimento di lei in cui avete riposto tutto il vostro affetto, la vostra fede, la vostra felicità, questa gente, se non sapete resistere a lei per cui il cuore vi sanguina, che amate ancora, e la quale vi dice, con lagrime vere, con singhiozzi che sentite venire dal cuore, aggrappandosi al vostro collo coi capelli sciolti, colle braccia convulse: « Perdonami! Perdonami! perdonami come Dio!... ». Ebbene, questa gente, se voi fate come Dio, si stringe egualmente nelle spalle, ma di sprezzo.

Cesare tornò a casa, pallido come uno spettro. E lì, colla figlioletta fra le braccia, pianse a lungo, disperatamente, di quelle lagrime che piombano ad una ad una sul cuore, e vi scavano un solco.

Tutt'a un tratto entrò l'Elena, coll'occhio impietrato, le labbra convulse e cascanti...

XIV

La gente, quando vedeva passare il marito un po' triste, ma calmo, come un uomo in lutto, accanto alla bruna e fiera beltà, gli gettava dietro il suo scherno, li seguiva cogli sguardi sfacciatamente curiosi, con un senso di desiderio e quasi di ammirazione per la donna, col cinico egoismo della folla, col sarcasmo feroce che getta il fango a due mani, senza cercare chi, fra la donna che inganna e l'uomo che è ingannato, sia realmente ridicolo. – Le menzogne, le finzioni, le prostituzioni dell'una, quando gli usci son chiusi, e i domestici dai capelli bianchi si sono ritirati, i sorrisi falsi, le parole false, le carezze false, gli occhi pieni di un'altra immagine, farli mentire nel fissare gli occhi del marito, coll'eco di una parola ardente nelle orecchie, torturarsi il cervello per trovar una parola d'amore per quest'altro che non si ama più, – il rimorso, l'ostacolo vivente, il giudice, la paura. Tutto ciò con un crescendo in proporzione della colpa che si sente montare al viso come una marea. E quest'altro, l'uomo ingannato, sincero invece, che può guardare in faccia senza finzioni, che può stringere la mano quando vuole e a chi vuole, che può piangere a viso aperto allorché il cuore gli scoppia d'amarezza o quando gli esulta, eppure è costretto a confessare sottovoce, nel cavo del suo orecchio istesso: « Chi sono io? ».

Quando il marito offeso non schiaccia la donna sotto il tacco, al primo momento, non ha altro di meglio a fare che prendere il cappello e andarsene. Se la donna ha il tempo di dire due parole, di spargere una lagrima, di fare un gesto, il marito perdona, e nove volte su dieci si rassegna. – Elena sarà caduta ai piedi di lui di un sol colpo, coi due ginocchi per terra, le braccia aperte, il viso disfatto, dicendo: «Uccidimi!». O si sarà arrestata sull'uscio, ritta, immobile, pallida, fiera, a fronte alta, ripetendo cogli occhi limpidi e lucenti: «No! no! no!». O infine, sedendo in disparte e accavallando le gambe, colle sopraciglia aggrottate, col labbro sdegnoso gli avrà detto: «Sì! Che vuoi? non ti amo più!». Egli rimaneva pur sempre lo stesso uomo, fulminato dalla scoperta. Trasalendo, ancora ansioso sotto il fascino di lei; e quegli occhi stralunati come quelli del moribondo che cerca la luce, hanno forse ancora in quel momento la dolorosa visione della gioia fuggita per sempre, di tutti quei fantasmi rapidi e vivi che inchiodano la lingua e fanno cascar le braccia. Quindi l'abbattimento che sembra oblìo, le tacite e scorate rassegnazioni, una parola vaga e senza senso, poi due individui che, dopo essersi tanto amati, si voltan le spalle silenziosi, si vedono solo dinanzi alla gente, scambiano qualche parola a tavola, dinanzi ai domestici, evitando di guardarsi, dimenticando a poco a poco, coi gomiti sulla tovaglia, fumando un sigaro sul canapè, affacciati al balcone – le abitudini che vi riprendono, la tirannia degli affari, con le mollezze della vita domestica, le attrattive dell'intimità, il sorriso della propria creatura, una parola, una mano incontrata a caso, un gesto molle, un ritorno del passato esitante, lento, che ha tutte le seduzioni di un primo abbandono. Poscia ancora tutte le debolezze dell'amore che non siete riusciti a soffocare completamente, tutti i languori del desiderio che vi si inspira, tutte le fiacchezze dei lieti ricordi che vi disarmano, tutte le tentazioni dell'egoismo che vi si insinuano. «Ella tornerà ad amarmi. Ella si rammenterà anche lei. Ella ha fatto per me quello che per nessuno avrebbe fatto.» «Un bacio, infine cos'è?» Lo stesso ragionamento fatto per la lettera, quei ragionamenti biascicati sottovoce, col viso rosso. «*Vi amo!*» cos'è? – una parola! – un momento di debolezza, di vanità, l'esempio delle altre, la vita disoccupata. – Potèva strapparsela dal cuore così facilmente come poteva fuggirla? Cosa ci avrebbe guadagnato? E se ella reietta e libera si fosse abbandonata senza ritegno ad altri amori? Ella cercava l'amore. La colpa era di lui che non aveva saputo darglielo. Cosa era l'opinione del mondo in confronto di riaver l'Elena?

Quando egli l'avesse scacciata, quando fosse rimasto solo, colla bambina macchiata nella culla, desolato, senza conforto, senza speranza, senza nemmeno il compenso di vederla restare con lui, cosa ci avrebbe guadagnato? Egli l'avrebbe riconquistata colla generosità, coll'abnegazione, coll'affetto, rendendole lieta e facile l'esistenza.

Sì, l'amava ancora il disgraziato! Era geloso al modo dei deboli, senza aver la forza di rompere la sua catena, colla vaga speranza che non osava confessare a se stesso di riconquistare il suo affetto a furia di generosità, di devozione, di rassegnazione persino! – Sì, una viltà! Ma non è la peggiore delle disgrazie esser vile? Se cercate bene, in ogni marito offeso che si vendica, allorché non vendica soltanto il sentimento sociale, c'è un residuo d'amore, il bisogno di rialzarsi agli occhi stessi della traditrice, il rimpianto dei giorni lieti dovuti a lei, delle sue attrattive rubategli.

XV

« Vostra madre sta male, e desidera vedervi. Venite.

Don Alselmo Dorello ».

Cesare si sentì mancare le ginocchia. Poi, accasciato sulla poltrona, si mise a piangere dirottamente. Elena era lì presente, immobile, sembrava commossa anche lei. Per la prima volta, dopo tanto tempo, gli prese il capo fra le braccia, e se lo strinse al seno, in silenzio. Il poveretto, in quell'ora nera che gli si stringeva addosso, sentì scendersi al cuore quella pietà come un'amara dolcezza. La guardò cogli occhi lagrimosi, balbettando:

« Mia madre, Elena! mia madre, Elena! ».

« Vengo con te » diss'ella. « Voglio venire anch'io. »

Arrivarono al paesello verso l'alba. Le finestre della casa paterna lucevano ancora. Attraversarono le stanze in disordine, cogli usci spalancati, pei quali passavano i pianti della famiglia, l'odor vago dell'incenso, delle candele di cera, e della morte. Don Anselmo, tutt'ora ornato dalla stola nera, venne loro incontro, sbarrando l'entrata colla sua persona e in quell'istante solenne abbracciò il nipote, senza dir motto, lo portò quasi di peso sul vecchio canapè, in mezzo alle sorelle che piangevano.

« La volontà di Dio! » disse il prete, pallido anche lui. « In ogni cosa c'è la volontà di Dio. »

Elena, in quella desolazione, rimaneva come obliata in un cantuccio, si sentiva che era la sola estranea a quel dolore. Chi si occupò di lei fu lo zio canonico, colui dal quale l'era stata mossa la guerra più aspra, quasi ora la morte avesse dissipato ogni rancore, gli avesse data una lezione severa di carità e di perdono

«Siete tutti figli miei» diss'egli. «L'ho promesso a quella poveretta.»

Nel paese fu una sorpresa generale. L'argomento di tutte le conversazioni, lo stupore di coloro che tenevano il canonico per *un uomo di carattere*, e non avrebbe mai creduto che si lascerebbe abbindolare dalle moine della *Napoletana*, la forestiera che avrebbe dissipato i risparmi di don Anselmo, avrebbe mangiato le speranze delle cognate, per ecclissare le signore del paese col suo lusso. Un maturo benestante che faceva la corte dalla finestra ad una delle sorelle di Dorello non si fece più vedere. Lo zio Luigi, al quale delle anime caritatevoli erano corse a dare l'allarme, arrivò all'improvviso, tutto sottosopra, commosso sino alle intime viscere dal timore che suo fratello il canonico potesse essere rapito al suo affetto da un momento all'altro, come la cognata. «Quando la morte picchia ad una casa non si contenta di così poco.» Il sangue gli parlava nelle vene, il sangue stesso di don Anselmo, il quale aveva accumulato una bella sostanza, e doveva rammentarsi del sangue suo, prima di disporre in favore dei nipoti, e di gente estranea per soprammercato, che aspettava la sua morte per scialarla coi suoi denari. Il paese intero diceva la stessa cosa. Nella spezieria e nel Casino non si parlava d'altro che del lusso di Elena, dei suoi ricevimenti principeschi, delle sue dozzine di cappelli, – aneddoti, pettegolezzi, maldicenze. La signora Brancato, la signora Goliano, tutte, andarono a farle visita in gala, seguite da certi servitori insaccati in livree a colori vivaci, impastoiati in guanti bianchi di cotone.

Elena sembrava tornata ai bei tempi della Rosamarina. La morte che aveva colpito come un fulmine, il lutto che si era stretto attorno alla famiglia, l'aveva riaccostata intimamente e sinceramente al marito, di cui sentiva essere il solo conforto, quasi una cara e dolorosa memoria vivente delle amarezze che gli era costata. Cesare non le aveva detto nulla, ma ella l'indovinava ai suoi tristi silenzi, agli occhi che gli si gonfiavano di lagrime, quando le stringeva commosso la mano, scrollando il capo, e pareva volesse dirle:

« Dimentichiamo! dimentichiamo!... ».

Una delle sorelle, nell'espansione disperata delle lagrime, aveva detto che la mamma non s'era più riavuta dallo spavento quando il canonico aveva scoperto la vendita segreta del sommacco e l'affare del vaglia mandato a Cesare di nascosto. Sembrava che zio e nipote avessero sempre dinanzi agli occhi quelle parole, e non potessero guardarsi senza ricordarsene.

A poco a poco nella famigliuola andavasi facendo la calma del dolore, si riprendevano tristamente le abitudini della vita, l'intimità era meno silenziosa ma meno stretta. Il prete tornava alla sua chiesa e ai suoi poderi. Cesare aveva dovuto fare una o due gite alla città per affari, quantunque fosse l'epoca feriale.

Le ragazze ricominciavano ad occuparsi di faccende domestiche. La vita li ripigliava, li distraeva, li separava, ognuno per la sua strada. Dopo pranzo la Barberina, la quale prima, col ricordo soltanto del suo nome, faceva gonfiare gli occhi di lagrime, chiamava alcuni istanti di allegria schietta, di vera festa domestica, colla sua innocente serenità, colle sue monellerie da bambina viziata. Nelle carezze le fronti si spianavano, delle risate gioconde tornavano a risuonare nella vasta stanza piena di tante memorie tristi.

Elena godeva anch'essa di quei piaceri intimi, della gioia tranquilla, di quell'esistenza raccolta. Colla volubilità estrema della sua natura le pareva che fossero passati dei secoli dal tempo delle feste mondane. Provava una soddisfazione raffinata, un contrasto piccante, nell'evocare i sogni romanzeschi come cose lontane, nella fantastica contemplazione della natura, nell'azzurro del cielo, nel violetto delle montagne lontane, nella pace dell'ora silenziosa, nel cinguettìo volgare delle dame colle mani rosse che andavano a trovarla.

Il barone si era fatto sposo con una delle più ricche damigelle di Avellino, e venne a far visita anche lui – sorpresi entrambi di trovarsi tanto mutati. Elena sapeva ormai per esperienza che anche nelle sale sdegnose della grande città l'eco di una sostanza colossale ha sempre una grande importanza. Egli aveva viaggiato e aveva lasciato qua e là un po' della sua pinguedine e molto del suo denaro. In cambio aveva riportato dei vestiti di un sarto in voga, le maniere distinte, il frasario convenzionale dei salotti, la disinvoltura e l'impertinenza della sua ricchezza. Elena ne fu piacevolmente impressionata, quasi lusingata, come ciò fosse opera sua, pel lievito che aveva lasciato la sua memoria in quel mezzo contadino. E per quanto fosse padrona di sé, per quanto volesse persuadersi sinceramente di non aver più un pensiero che non fosse per suo marito, era troppo donna per non lasciarglielo indovinare. Don Peppino dal canto suo era abbastanza *incivilito* per non accorgersene, per non fondarci sopra mille castelli in aria, aiutandoli colle chiacchiere sentite in caffè, dinanzi al banco del farmacista, nello studio del notaio. Egli aveva raccolto, come gli altri del paesello, i pettegolezzi che correvano sulla riputazione dell'Elena. Alla sua primitiva ammirazione ingenua per la cittadina, gonfiata nella disoccupazione del paesello, si mescolava adesso un sapore più acuto, l'immagine della sua nuca bianca, dei suoi occhioni grigi, le carezze della sua voce, il ricordo delle sue civetterie innocenti, il desiderio delle sue labbra rosse. Il poco che ella gli aveva accordato s'ingigantiva e si inaspriva ora al sorgere di tutte quelle memorie, gli pareva che ella fosse stata qualcosa per lui, gli avesse lasciato come una promessa. Ma tornando a farle visita, ogni volta, si trovava di nuovo impacciato e timido; sentiva ingigantire il suo desiderio all'ostacolo che incontrava in se stesso; continuava ad esprimere la sua ammirazione bramosa con una riserbatezza esitante che aveva l'attrattiva del pudore. La donna ricominciava a sentire un piacere mascolino nell'indovinare tutte coteste impressioni, nel sollecitare coteste simpatie, nel provocare la confessione di questi sentimenti, come un seduttore raffinato gode nell'assaporare il turbamento che mette nell'anima d'una giovinetta, per l'attività della novità, per la freschezza della sensazione, pel gusto di destare l'incendio senza lasciarsi scottare, di sfiorare il male senza cascarci. No! stavolta non voleva cascarci! Egli le portava dei fiori, passava delle ore ad adorarla in silenzio. Aveva finito per mandare a monte il suo matrimonio. Tutta Altavilla avrebbe potuto credere che era l'amante di Elena. Ma ella non gli aveva dato la punta di un dito. – No, neppure la punta di un dito.

« Perché avete rotto il matrimonio? Sapete, non mi

piace! No: siamo amici, sentite, ma niente di più! No! »
Don Peppino arrivava a piangere di desiderio, di gelosia, di disperazione, baciandole le mani fredde.

« No! No! giammai! Io son maritata. »

Poi le crudeltà della civetteria: « Cosa facevate ieri sera in casa Brancato? Non voglio che vi sdolciniate con quella sguaiata della Goliano! — Nessuno dei miei amici deve andare in casa Azzari. Buona notte ora, che è tardi ».

E tutto il paese, inquieto, geloso, spiava per turno le finestre, si attardava nelle piazze, dai vicini, trascurava gli affari proprii per veder chiaro nella cosa, mandava in visita le donne, corteggiava don Peppino, sperando che cascasse in alcuno dei trabocchetti che gli si tendevano con discorsi insidiosi, che mettevano da lontano al punto controverso, interrogava ansioso il volto impenetrabile dello zio canonico, il lume della sua finestra che vegliava su quella di Elena nell'oscurità. Almeno quello era un uomo, aveva la bocca per non parlare, ma aveva pure degli occhi per vedere; non somigliava a quel marito che se n'era andato a dar sesto ai suoi affari di Napoli, senza accorgersi del malanno che gli cascava sul capo ad Altavilla. I più indulgenti dicevano che marito e moglie erano separati di fatto, da un pezzo, e serbavano le apparenze esteriori per riguardi umani. Elena aveva procurato a Dorello una clientela ricca e numerosa. Egli l'aveva sposata per questo, e faceva affari d'oro a Napoli, senza curarsi d'altro. Si citavano nomi senza fine, date, aneddoti precisi e accertati. Nella spezieria e al Casino non parlavasi d'altro. I curiosi si affacciavano sugli usci allorché le sorelle di Cesare andavano a messa; le signore allungavano il giro e passavano dalla piazza per vedere se c'era l'Elena affacciata, e scambiare un saluto dalla finestra, e se potevano anche quattro chiacchiere. L'impiegato postale esaminava attentamente ogni lettera che partiva per Napoli all'indirizzo di Cesare Dorello, voltandola e rivoltandola dieci volte per ogni verso, prima di decidersi con un sospirone a metterla colle altre nel sacco della spedizione.

Se incontravano per via don Luigi, con suo fratello il canonico, andavano loro dietro, raccolti, intenti, per cercare di carpire qualche parola dei loro discorsi, e sentire se trattavasi del nipote o di sua moglie.

Il loro buon istinto non li ingannava del tutto. Lo zio don Luigi andava a cercare ogni volta suo fratello il canonico per dirgli:

« È una porcheria! Non posso più uscire di casa dalla vergogna. Tutto il paese non parla d'altro. La roba dei Dorelli andrà in mano di una che ci disonora tutti! ».

« No; » rispondeva il fratello colla sua calma inalterabile. « Lascia fare a me. Vedrò io. »

E parlava d'altro, evitando il discorso ogni volta che il fratello don Luigi ce lo tirava pian piano, fermandosi a chiacchierare colla gente che incontrava quasi non ci avesse altro in capo, più gentile ed ossequioso che non era mai stato verso il barone.

Ma le ragazze, le quali lo conoscevano meglio, sentivano, malgrado il loro triste raccoglimento, qualcosa di straordinario che pesava sulla casa, ormai vasta e deserta, come un pericolo, una minaccia, che maturava e si accostava lentamente; ed entravano timide nelle stanze della cognata, quelle stanze dove c'erano ancora tante memorie della loro povera morta, senza osare di fissarvi gli occhi, senza osare di fermarvisi, in presenza della forestiera, nel mutamento che indovinavano senza comprendere.

Una sera don Anselmo, passando dinanzi all'uscio di Elena, picchiò discretamente.

Don Peppino era seduto presso la finestra e si alzò al comparire del canonico, quasi ei fosse stato un vescovo per lo meno, tutto ossequioso e imbarazzato. Stette ancora un poco, chiacchierando a casaccio col prete impenetrabile e coll'Elena perfettamente calma. Poi si congedò, come fosse sulle spine, e se ne andò un'ora prima del solito.

All'Elena, che glielo faceva osservare con perfetta disinvoltura, in presenza dello zio, appena don Peppino se ne fu andato, il canonico disse sorridendo:

« Son le dieci. Voi credete sempre d'essere a Napoli. Le dieci qui sono un'ora straordinaria ».

Stette un momento in silenzio. Poscia le prese la mano, e soggiunse colla sua voce insinuante da confessore:

« Anzi, ascoltatemi, nipote mia. Certe visite, a certe ore, qui da noi danno nell'occhio. Siamo in un piccolo paese, pieno di pregiudizii, di pettegolezzi, sapete... Vi parlo come un parente, come un padre, come un confessore. Non ve l'avrete a male ».

« No! » disse Elena.

« Lo so, meschinerie, pura maldicenza. Che volete farci? Non chiuderete la bocca ai calunniatori. Don Peppino è giovane, ricco, scapolo... si dice anzi che abbia voluto rimanere scapolo... Il meglio è tagliare corto alle chiacchiere maligne, senza scandali, con bella maniera... »

« Va bene » interruppe Elena. « Ho inteso. »

XVI

Cesare tornò da Napoli all'improvviso, chiamato da un telegramma urgente di don Anselmo « per affari che reclamavano la sua presenza ». Da qualche tempo il canonico servivasi del telegrafo come un banchiere. Elena al veder comparire suo marito si fece rossa. Alle domande che lui balbettava, colla testa altrove, rispondeva distrattamente anch'essa:

« Sì, la Barberina sta bene, tutti stanno bene... Chi non sta bene qui sono io sola ».

Cesare evitò di rispondere. Elena allora gli domandò, col suo viso duro che la trasformava completamente da un momento all'altro:

« Tuo zio t'ha scritto? ».

Cesare levò il capo, e i loro occhi s'incontrarono.

Voleva dire qualche cosa, ma non poteva. Si scolorava in volto, impallidiva grado grado in un modo spaventevole. Infine balbettò:

« È vero che la baronessa... ti ha fatto scacciare di casa sua?... ».

Elena avvampò in viso. Poscia impallidì anch'essa. Ma non rispose, guardandolo fisso.

« Suo figlio... ha mandato a monte il matrimonio... per te?... »

Ella non rispose nemmeno.

« Lo speziale ha visto uscire don Peppino da questa casa... di notte! »

Cesare aspettò, ansante, tremando in tutte le membra, cogli occhi ardenti di lagrime.

« Ma rispondi! rispondi, sciagurata! Rispondi qualche cosa!... »

« Voglio andarmene a Napoli, dai miei parenti » rispose soltanto Elena.

Egli non disse motto, aprì la bocca senza fiato. Barcollò. Poi cadde su di una sedia.

Ah! ecco la risposta che gli dava! Non una parola di giustificazione, di conforto, d'affetto, di pietà, pel dolore atroce che pur doveva leggere nei lineamenti di suo marito! Non un pensiero per lui! non un pensiero per sua figlia? – Allora tutte le memorie nere, tutte le gelosie, tutti i dolori del passato gli morsero il cuore, vive, implacabili. Un'immensa vergogna, un immenso scoramento, una collera amara lo invasero. Egli non trovava le parole, ma tutto ciò gli scintillava in quegli occhi ardenti e pieni di lagrime, gli tremava nelle membra convulse. Le afferrò le mani, con uno schianto di quella angoscia sovrumana. Ella ebbe paura, soltanto paura, e si svincolò atterrita.

« No! » esclamò Cesare con un riso amaro. « Non temere! »

Don Liborio arrivò colla famiglia, compresa la Camilla, arcigna. S'installarono nelle migliori stanze della casetta. Non aprivano bocca a tavola. E dopo pranzo il babbo usciva a passeggiare col canonico, per regolare gli affari della figliuola, prima di riprendersela.

Egli era venuto armato del codice, del commentario, di tutti i suoi libri legali, felicissimo di poter sfoderare la sua eloquenza e i suoi cavilli. Donn'Anna rovistava le casse e gli armadii della figliuola, andava attorno pel vicinato a dir roba da chiodi del genero, tirandosi dietro, in prova, la Camilla rassegnata e calma come una vittima. Il paese ci godeva nello scandalo, lo allargava coi commenti, lo faceva irrimediabile. Elena chiusa nella sua stanza non si lasciava veder più, e don Peppino se n'era andato a Napoli per fuggire lo scandalo – per aspettarla laggiù – dicevano le male lingue.

« Ah! finiamola, finiamola presto, per carità » diceva Cesare allo zio, come uno che stia per perdere la ragione.

Il canonico, onde cercare di evitare il chiasso quanto

poteva, aveva fatto ogni concessione. Finalmente, regolati gli interessi, come voleva don Liborio, fissarono il giorno della partenza. La Barberina doveva restare colla madre, sino all'età di metterla in collegio. La sera prima della partenza la bambinaia la portò dal genitore perché l'abbracciasse.

Così la rompevano col passato! dimenticavano ogni cosa! e gli voltavano le spalle! Elena, in quei cinque giorni, non aveva provato una sola di quelle tentazioni che a lui avevano fatto girare il capo, di correre fra le sue braccia, di dimenticare tutti i rancori e tutti i dolori in un amplesso! Non gli si era fatta più vedere. Partiva senza dirgli una parola. Che cuore aveva cotesta donna? Qual sentimento aveva avuto per lui? Allora, in quella notte eterna, fra le quattro pareti tetre della sua cameretta, il pensiero delle altre ore di angoscia, delle altre notti insonni, tornò invariato a torturarlo. Cataldi! il poeta! il duca!... Dunque era vero? Si trovava avvilito, non credeva a se stesso. Era sceso tanto basso? Era stato geloso di tanti?... Quanto c'era di vero nei sospetti? di fondato nella sua gelosia?... Ah!... Ora che essa lo lasciava! Quando sarebbe stata libera... Elena! la sua Elena! sua moglie, la madre della sua bambina! La sua donna adorata!... E poteva partire così? E poteva lasciarlo, e non sentire proprio più nulla per lui? Dopo tanto amore, tante carezze, tanta intimità, tante gioie, tanti sagrifizi!... Ella pure l'aveva amato. Ella pure!... Com'era bella! quanto, quanto!... come l'amava! E potevano lasciarsi così senza vedersi... L'avesse vista almeno un'ultima volta... in quel letto, coi capelli sciolti... vederla dormire!... un'ultima volta!... Poteva dormire?...

La fiamma del lume solitario drizzavasi diritta sulle pareti nere. La piazza deserta, di là dei vetri. Non un passo, non una voce, non un tocco d'orologio. Nella casa non si udiva un sol rumore della numerosa famiglia. Il passato scompariva tutto, la gelosia, la collera, il dolore, tutto... Non restava che Elena, la sua Elena, di là, dopo due o tre stanze, che partiva il giorno dopo per sempre!... Almeno vederla un'ultima volta! l'ultima!... S'ella si fosse svegliata? se gli avesse buttato le braccia al collo? se gli avesse detto: Perdonami! Sì, anche allora!... fosse anche stato certo!... che gliene importava a lui, se Elena avrebbe potuto amarlo un'altra volta?... Sarebbero fuggiti insieme, lontano!... Ma lasciarla!... Forse lasciarla ad un altro!... Piuttosto si sarebbe ucciso sotto i suoi occhi, con quel pugnale, se lo lasciava così!... No! no! senza di lei non poteva restare... senza la sua Elena .. Meglio la morte... meglio!

Le stanze erano buie, in fondo trapelava dall'uscio il lume della lampada di lei. Un lieve sforzo e l'imposta cedette. Elena non era di quelle che hanno paura. Dormiva serena, quasi sorridente, coi capelli neri sul guanciale, il viso bianco posato sul braccio nudo. Quante memorie, quanta dolcezza, quanto amore c'eran là! Che dolore, che angoscia terribile, che smania, che gelosia!... Degli altri! degli altri!... quel braccio nudo, quell'omero nudo! quella bocca profumata! quei capelli folti... Ah! degli altri! degli altri, come lui! come lui!... Ella... come a lui!... E quando fosse stato lontano... quando ella fosse stata libera... Allora!... allora!... E se dopo gli avesse detto: « Vieni » egli sarebbe andato! E qualunque cose avesse voluto da lui, egli l'avrebbe fatto! E finché fosse stata viva, lo avesse anche tradito cento volte, egli sarebbe tornato cento volte a leccarle i piedi! Vile! vile! vile!... Era malato, era pazzo! quella era la sua malattia, quella era la sua pazzia! finch'ella vivrebbe!... finché vivrebbe!... Di altri!...

Ebbene... sì! che importa?... Il passato... che importa il passato?... Cos'è il passato?... Purché Elena fosse tornata ad amarlo? Purché fosse tornata ad esser sua!... Fuggirebbe. Cambierebbe nome... Dimenticherebbe ogni cosa!... Se ella poteva tornare ad amarlo!... Se ella lo vedeva lì, in quel momento supremo, pronto a morire, con quel pugnale per uccidersi! – le scoperse il seno, e chiamò con voce sorda:

« Elena! ».

Ella si riscosse atterrita, cogli occhi stralunati. Ebbe paura, e balzò fuori del letto, colla voce soffocata in gola dal terrore.

Egli continuava a chiamarla, con uno strano accento di desiderio e d'amore: « Elena! Elena!... ».

Ella cominciò a gridare, pazza di terrore, chiamando aiuto!

« Ah! » balbettò Cesare rabbrividendo sino alla radice

dei capelli. « Ah! non mi ami più! non mi ami più! Non hai che paura!... »

Allora, afferrandola per il braccio, colla mano ferma, colpì disperatamente, una, due, tre volte.

Gli Oscar

SUPERGUIDA DEL CALCIO (Manuali 168)

SUPERGUIDA DELLO SCI (Manuali 169)

SUPERGUIDA DEL BASKET (Manuali 170)

SUPERGUIDA DEL CICLISMO (Manuali 171)

Smith, GLI EREDI DELL'EDEN (Bestsellers 52)

Ellery Queen, DIECI INCREDIBILI GIORNI (1913)

Sanvitale, IL CUORE BORGHESE (1914)

Allegri, PADRE PIO (Attualità 31)

Chaucer, I RACCONTI DI CANTERBURY (Classici 94)

Savino, PREGHIERA E RITO NELLA GRECIA ANTICA (Uomini e Religioni 22)

Shakespeare, CORIOLANO (Classici 95)

Hesse, RACCONTI (1915)

Plath, JONNY PANIC E LA BIBBIA DEI SOGNI (Oro 4)

Lalla Romano, LE METAMORFOSI (Oro 5)

Lot-Falck, MITI E RACCONTI ESKIMO (Oro 6)

Meneghello, I PICCOLI MAESTRI (Oro 7)

Foglia, ALMANACCO 1987 (Manuali 172)

Asimov, I ROBOT DELL'ALBA (1916)

Andersen, FIABE (1917/1918) - *2 voll. in cofanetto*

Hinnells, LE RELIGIONI VIVENTI (Uomini e Religioni 23/24)
   2 voll. in cofanetto

Carrington, GUIDA AI VOSTRI POTERI PARANORMALI
   (Arcana 15)

I SEGRETI DELLA MIA SUPERCINQUE (Manuali 173)

I SEGRETI DELLA MIA VOLKSWAGEN GOLF (Manuali 174)

Dailey, IL RITO DELLA NOTTE (1919)

Freeman, RITRATTI (Bestsellers 53)

Christie, DELITTO IN CIELO (1920)

Machiavelli, IL PRINCIPE (Classici 96)

I CAPOLAVORI DELLA POESIA ROMANTICA (Classici 97/98)
   2 voll. in cofanetto

Treville, LA BUONA CUCINA DELLE QUATTRO STAGIONI
   (Manuali 177)

Gibbon, DECLINO E CADUTA DELL'IMPERO ROMANO
   (Biografie e Storia 19)

Kezich, IL FILMOTTANTA. 5 anni al cinema, 1982-1986
   (Manuali 175)

IL TESORO DELLA NOVELLA ITALIANA (Classici 99/100)
   2 voll. in cofanetto

Miller, PLEXUS (1922)

D'Annunzio, FEDRA (Teatro e Cinema 27)

Sgorlon, LA CONCHIGLIA DI ANATAJ (1823)

I SEGRETI DELL'ALTA FEDELTÀ (Manuali 176)

Montale, POESIE SCELTE (Poesia 25)

Robbins, I MERCANTI DI SOGNI (Bestsellers 54)

Rex Stout, LA TRACCIA DEL SERPENTE (1924)

Dickson Carr, LA FIAMMA E LA MORTE (1927)

Salvalaggio, VILLA MIMOSA (Bestsellers 58)

Strati, IL SELVAGGIO DI SANTA VENERE (1928)

King, LA ZONA MORTA (1929)

Del Bo Boffino, VOI UOMINI (Attualità 33)

Schopenhauer, AFORISMI SULLA SAGGEZZA DEL VIVERE (Saggi 113)

Hesse, GERTRUD (1930)

Hoffmann, L'UOMO DELLA SABBIA E ALTRI RACCONTI (Classici 101)

Vacca, COME IMPARARE PIÙ COSE E VIVERE MEGLIO (Manuali 177)

Pagels, I VANGELI GNOSTICI (Uomini e Religioni 25)

Lawrence D.H., POESIE (Poesia 26)

Balbi, MADRE PAURA (Saggi 114)

Las Casas, BREVISSIMA RELAZIONE DELLA DISTRUZIONE DELLE INDIE (Biografie e Storia 21)

McBain, UNO SPACCIATORE PER L'87° (1931)

McMurtry, VOGLIA DI TENEREZZA (Bestsellers 59)

Bettiza, LA CAMPAGNA ELETTORALE (1932)

Fleming, LICENZA DI UCCIDERE (1933)

Scott, IVANHOE (I Grandi Romanzi 13)

Williamson, LA REGINA DELLA LEGIONE (1934)

Fiecchi, CUORE MIO (Manuali 178)

Giacosa, COME LE FOGLIE - TRISTI AMORI (Teatro e Cinema 30)

Balzani, IL CONDOMINIO (Manuali 205)

ANTICHE FIABE CINESI (1935)

Kazantzakis, IL POVERELLO DI DIO (1936)

Wilson E., MEMORIE DELLA CONTEA DI ECATE (Oro 8)

Wilde, IL FANTASMA DI CANTERVILLE (Classici 102)

Dalla Chiesa, DELITTO IMPERFETTO (Attualità 34)

Kriyananda, IL SEGNO ZODIACALE COME GUIDA SPIRITUALE (Arcana 16)

MILLE RICETTE PER VIVERE SANI. Antipasti, Insalate, Minestre e zuppe, Legumi, Uova (Manuali 179)

MILLE RICETTE PER VIVERE SANI. Cereali, Pesci, Carni e formaggi (Manuali 180)

MILLE RICETTE PER VIVERE SANI. Verdure e dolci (Manuali 181)

Lodovici, GUIDA SONY 1987 ALL'ACQUISTO E ALL'ASCOLTO DEL COMPACT DISC (Manuali 182)

Brooks, LA SPADA DI SHANNARA (1962)

Siciliano, LA CASA SCOPPIATA - LA VITTIMA (Teatro e Cinema 33)

Spillane, TI UCCIDERÒ (1937)

SULLE ALI DEL SOGNO (I Romanzi di Barbara Cartland 32)

Van Slyke, UNA DONNA NECESSARIA (Bestsellers 60)

Fleming, MISSIONE GOLDFINGER (1938)

Leiber, SPAZIO, TEMPO E MISTERO (1939)

Harris A.B e Th. A., SENTIRSI OK (Manuali 183)

Baschera, I POTERI ESOTERICI DEGLI ANIMALI E DELLE PIANTE (Arcana 17)

Riches, NOTE DI CATECHISMO (Uomini e Religioni 26)

Vittorini, LE DONNE DI MESSINA (1940)

Molière, IL TARTUFO - IL MALATO IMMAGINARIO (Classici 103)

Paolini, IL TUTTOVIDEO (Manuali 206)

Bellow, QUELLO COL PIEDE IN BOCCA (1941)

Consolo, IL SORRISO DELL'IGNOTO MARINAIO (Oro 9)

Alfieri, VITA (Classici 104)

Pasolini, TRILOGIA DELLA VITA (Teatro e Cinema 31)

Machado, POESIE (Poesia 27)

Bracalini, VITTORIO EMANUELE III (Biografie e Storia 22)

Fromm, L'AMORE PER LA VITA (Saggi 115)

Guarracino, GUIDA ALLA LETTURA DI LEOPARDI (Manuali 184)

Marchese, GUIDA ALLA LETTURA DI MANZONI (Manuali 185)

Toscani, GUIDA ALLA LETTURA DI BUZZATI (Manuali 186)

Spillane, UNA RAGAZZA E UNA PISTOLA (1942)

UNA MOGLIE TRANQUILLA (I Romanzi di Barbara Cartland 33)

Freeman, ILLUSIONI D'AMORE (Bestsellers 61)

Fleming, SOLO PER I TUOI OCCHI (1943)

Speciani, GUARIRE CON LA NATURA (Supermanuali 11)

Asimov, LA FINE DELL'ETERNITÀ (1944)

Bradbury, IL MERAVIGLIOSO VESTITO COLOR PANNA e altre commedie (Teatro e Cinema 32)

Konsalik, LICENZA DI AMARE (1945)

Schnitzler, THERESE (Oro 10)

La Capria, UN GIORNO D'IMPAZIENZA (1946)

Céline, MORTE A CREDITO (1947)

Cesare, LE GUERRE IN GALLIA (Classici 105)

Jones, AMLETO E EDIPO (Saggi 116)

Tucci, LE RELIGIONI DEL TIBET (Uomini e Religioni 27)

PRIMO PIANO NATURA. Sapevate che l'aglio (Manuali 187)

PRIMO PIANO NATURA. Sapevate che le erbe aromatiche (Manuali 188)

PRIMO PIANO NATURA. Sapevate che il limone e gli agrumi (Manuali 189)

PRIMO PIANO NATURA. Sapevate che la mela (Manuali 190)

PRIMO PIANO NATURA. Sapevate che l'oliva (Manuali 191)

PRIMO PIANO NATURA. Sapevate che l'uva (Manuali 192)

Spillane, LA VENDETTA È MIA (1948)

IL CASTELLO DELL'AMORE (I Romanzi di Barbara Cartland 34)

Bevilacqua, IL CURIOSO DELLE DONNE (Bestsellers 62)

Serri, SALUTE E BELLEZZA. L'acne (Manuali 193)

Serri, SALUTE E BELLEZZA. La cellulite (Manuali 194)

Serri, SALUTE E BELLEZZA. L'invecchiamento cutaneo (Manuali 195)

Serri, SALUTE E BELLEZZA. Chirurgia estetica (Manuali 196)

Sgorlon, L'ARMATA DEI FIUMI PERDUTI (1949)

Hassel, GERMANIA KAPUTT (1950)

Böll, VIANDANTE SE GIUNGI A SPA... (1951)

Asimov, IN PRINCIPIO (Saggi 117)

Vitali/Delbecchi, MAL DI TEST (Manuali 197)

Jaffe, ERA SOLO UN GIOCO (1952)

Nava-Bertelli, COME CAVARSELA CON I BAMBINI (Manuali 198)

Haggard, LE MINIERE DI RE SALOMONE (I Grandi Romanzi 14)

Dostoevskij, L'ADOLESCENTE (Classici 106)

Mari-Rubini, IL MARE E LE SUE LEGGENDE (1953)

Proust, DALLA PARTE DI SWANN (1954)

Mésségué, IL MIO ERBARIO DI BELLEZZA (Supermanuali 12)

Happold, MISTICISMO (Uomini e Religioni 28)

Bossi, PRONTO SOCCORSO PER LE VACANZE (Varia Illustrati)

Christie, SFIDA A POIROT (1958)

VIAGGIO VERSO L'IGNOTO (I Romanzi di Barbara Cartland 35)

Goldoni, COLGO L'OCCASIONE (Bestsellers 63)

Ludlum, L'EREDITÀ SCARLATTI (Bestsellers 64)

Caldwell, L'ULTIMA NOTTE D'ESTATE (1955)

London, IL POPOLO DELL'ABISSO (1956)

Asimov, ASIMOV STORY (1957)

Berman-Catano, IMPARARE LE LINGUE (Manuali 199)

Mazzucchelli-Campodonico, VACANZE ALL'ARIA APERTA (Manuali 200)

Gentile, ARCIPELAGO ROCK (Manuali 201)

Saba, PARIGI DA NON PERDERE (Manuali 202)

L'Amour, ALASKA (1961)

Isaac, POSIZIONI COMPROMETTENTI (1959)

Platone, FEDONE, CRITONE, APOLOGIA, CONVITO (Classici 107)

Forattini, NUDI ALLA META (Attualità 35)

Spagnol, MANGIAR FREDDO (Manuali 203)

Valerio, IL PIATTO VERDE (Manuali 204)

Christie, C'ERA UNA VOLTA (1963)

SUI PRATI DELLA LUNA (I Romanzi di Barbara Cartland 36)

Steel, DUE MONDI DUE AMORI (Bestsellers 65)

West, LA SALAMANDRA (Bestsellers 66)

Sanders, IL DECIMO COMANDAMENTO (1964)

Le Fanu, I MISTERI DI PADRE PURCELL (1965)

Casati Modignani, SAULINA (1966)

Steel, UNA PERFETTA SCONOSCIUTA (1967)

King, L'INCENDIARIA (1968)

Asimov, ANTOLOGIA PERSONALE (1996/1997)
  2 voll. in cofanetto

Dossena, GIOCHI DI CARTE INTERNAZIONALI (Giochi 2)

Sintini, MATEMAGICA (Giochi 3)

Dossena, SOLITARI CON LE CARTE (Giochi 4)

Christie, GLI ELEFANTI HANNO BUONA MEMORIA (1969)

DESIDERIO D'AMORE (I Romanzi di Barbara Cartland 37)

Collins, FORTITUDE (Bestsellers 67)

Agnelli, VESTIVAMO ALLA MARINARA (Bestsellers 68)

Spillane, IL COLPO GOBBO (1970)

Condon, L'ONORE DEI PRIZZI (Bestsellers 69)

Smith, UNA VENA D'ODIO (Bestsellers 70)

Cassieri, LE TROMBE (1971)

Martini, OLTRE L'AMORE (1972)

Fumagalli Beonio Brocchieri, ELOISA E ABELARDO
  (Biografie e Storia 23)

Lorenz, IL DECLINO DELL'UOMO (Saggi 118)

Spagnol, L'APRISCATOLE DELLA FELICITÀ (Manuali 208)

Coltro, FIABE VENETE (1973)

Musil, I TURBAMENTI DEL GIOVANE TÖRLESS (1974)

Kaiser, IL CANCELLIERE KREHLER - DAL MATTINO A MEZZANOTTE - L'INCENDIO DEL TEATRO DELL'OPERA (Teatro e Cinema 34)

Nestler, LA TELEPATIA (Arcana 19)

Coleridge, IL SENSO DEL SUBLIME (Saggi 119)

Pirandello, TUTTE LE POESIE (Poesia 30)

Meneghello, POMO PERO (Oro 11)

Leopardi, CANTI (Classici 110)

Master, ANTOLOGIA DI SPOON RIVER (Poesia 28)

Colombo, IL DIO D'AMERICA (Attualità 39)

Geraci, DIMMI COME SCRIVI (Manuali 209)

Spillane, BACIO MORTALE (1975)

Biagi, SENZA DIRE ARRIVEDERCI (Bestsellers 71)

Fruttero-Lucentini, A CHE PUNTO È LA NOTTE (Bestsellers 72)

De' Souza, I NUMERI DEI SOGNI (Manuali 210)

Heinlein, LA STORIA FUTURA (1976)

Carver, DOSTOEVSKIJ. Una sceneggiatura (Teatro e Cinema 37)

Sanvitale, L'UOMO DEL PARCO (1977)

Lord, LA COLLINA D'ORO (1978)

Sackville West, OGNI PASSIONE SPENTA (Oro 12)

Dostoevskij, MEMORIE DAL SOTTOSUOLO (Classici 111)

Coleridge, LA BALLATA DEL VECCHIO MARINAIO (Poesia 29)

Pina-Mora, IL MIO FUTURO. Come si entra nel mondo della televisione (Manuali 211)

Jacobbi, IL MIO FUTURO. Come si entra nel mondo della pubblicità (Manuali 212)

Fedi, IL MIO FUTURO. Come si entra nel mondo della moda
  (Manuali 213)

Goj, IL MIO FUTURO. Come si diventa esperti di marketing
  (Manuali 214)

Ridgwell, CUCINA CREATIVA. Cocktails (Illustrati)

Budgen, CUCINA CREATIVA. Antipasti (Illustrati)

Budgen, CUCINA CREATIVA. Guarnizioni (Illustrati)

Sutherland Smith, CUCINA CREATIVA. Piccole cose dolci (Illustrati)

Kipling, RACCONTI DELL'INDIA, DELLA VENDETTA,
  DELLA MEMORIA (1979-1980) - *2 voll. in cofanetto*

Proust, ALL'OMBRA DELLE FANCIULLE IN FIORE (1981)

Manzoni, TRAGEDIE (Classici 112)

Waagenaar, MATA HARI (Biografie e Storia 24)

Candiani, IL PIACERE DI RICEVERE (Manuali 215)

Foglia, ALMANACCO 1988 (Manuali 216)

Osimo, IN CUCINA CON LA MELANZANA (Manuali 217)

Felician, COME LAUREARSI IN MATERIE SCIENTIFICHE
  (Manuali 220)

L'AMORE AL FEMMINILE (1982)

Foscolo, SEPOLCRI, SONETTI, ODI (Classici 113)

Baschera, LA BIBBIA DELLA SALUTE (Arcana 20)

Lamparelli, TECNICHE DELLA MEDITAZIONE CRISTIANA
  (Uomini e Religioni 29)

Stout, NON TI FIDARE (1983)

Conran, SEGRETI II (Bestsellers 73)

Lapierre-Collins, PARIGI BRUCIA? (Bestsellers 74)

AA.VV., RACCONTI FANTASTICI DEL '900 (1984-1985)
  2 voll. in cofanetto

Hesse, NON UCCIDERE. Considerazioni politiche (Saggi 120)

Asimov, IL TIRANNO DEI MONDI (1986)

Cóccioli, IL CIELO E LA TERRA (1987)

Mortman, JENNIFER (1988)

Savona-Straniero, MONTANARA (Manuali 218)

Wolf, IL CIELO DIVISO (1989)

IL MEGLIO DI DARWIN (Saggi 121)

INTRODUZIONE ALLA MUSICA (Manuali 219)

Stoppard, RAGAZZA OGGI (Illustrati)

Queen, LE LETTERE SCARLATTE (1990)

Mason, IL MONDO DI SUZIE WONG (Bestsellers 75)

Puzo, IL PADRINO (Bestsellers 76)

Higgins, LA SPIA DI VETRO (1991)

Seghers, TRANSITO (1992)

Stout, I QUATTRO CANTONI (1998)

Steel, STAGIONE DI PASSIONE (Bestsellers 77)

L'Amour, LO SVELTO E IL MORTO (I Capolavori Western 1)

Hassel, PRIGIONE GHEPEU (1999)

Böll, BILIARDO ALLE NOVE E MEZZA (2000)

Fromm, LA DISOBBEDIENZA E ALTRI SAGGI (Saggi 122)

Hotchner, PAPA HEMINGWAY (Biografie e Storia 29)

Pirandello, LA SIGNORA MORLI, UNA E DUE - ALL'USCITA - L'IMBECILLE (Teatro e Cinema 42)

Pirandello, DIANA E LA TUDA - SAGRA DEL SIGNORE DELLA NAVE (Teatro e Cinema 43)

Pirandello, LAZZARO - COME TU MI VUOI (Teatro e Cinema 44)

Pirandello, LA NUOVA COLONIA - O DI UNO O DI NESSUNO (Teatro e Cinema 45)

Pontiggia, IL RAGGIO D'OMBRA (2001)

Tolstoj, I COSACCHI (Classici 120)

Verlaine, FESTE GALANTI - LA BUONA CANZONE (Poesia 31)

Spinosa, TIBERIO (Biografia e Storia 25)

Balzani, CONDOMINIO. Liti e controversie (Manuali 223)

D'Annunzio, ALCYONE (Poesia 34)

Tolstoj, LA SONATA A KREUTZER (Classici 128)

McBain, PIETÀ PER CHI CREDE (2002)

Higgins, IL TOCCO DEL DIAVOLO (Bestsellers 78)

Steel, UNA PERFETTA SCONOSCIUTA (Bestsellers 79)

L'Amour, VERSO LA PISTA DELL'OREGON (I Capolavori Western 2)

King, CHRISTINE LA MACCHINA INFERNALE (2003)

Lowry, CAUSTICO LUNARE (2004)

Donati, GUIDA AI MERCATI E MERCATINI ANTIQUARI IN ITALIA (Manuali 224)

Gosetti, MINESTRE PER TUTTO L'ANNO (Manuali 225)

Smith-Thomson, FALCON: IL LORD TRADITORE (Giochi 5)

Malamud, IL MIGLIORE (2005)

Conrad, TIFONE (Classici 121)

Meneghello, FIORI ITALIANI (Oro 13)

Mimma Mondadori, UNA TIPOGRAFIA IN PARADISO (Attualità 42)

Johanson-Edey, LUCY. Le origini dell'umanità (Saggi 123)

Aron, COSÌ PREGAVA L'EBREO GESÙ (Uomini e Religioni 31)

31684
1988

*Questo volume è stato ristampato nel mese di maggio 1988
presso Arnoldo Mondadori Editore S.p.A.
Stabilimento Nuova Stampa Mondadori - Cles (TN)
Stampato in Italia - Printed in Italy*

*Oscar Mondadori
Periodico trisettimanale: 18 gennaio 1980
Registr. Trib. di Milano n. 49 del 28-2-1965
Direttore responsabile: Alcide Paolini
Spedizione abbonamento postale TR edit.
Aut. n. 55715/2 del 4-3-1965 - Direz. PT Verona
OSC*